# 回遊魚

水生武史
MIZUO TAKESHI

幻冬舎MC

# 回遊魚

# 一　前書き

退職したのは二〇一〇年代の中頃だ。退職後半年ほど、横浜の自宅とスポーツ・クラブを往復する日々を過ごしてから、房総半島の耕作放棄地の開墾を始めた。晴耕雨読を夢見たのだ。これまでの書類と口先だけの仕事への罪滅ぼしで、自らの手で生産し、それを社会に提供することを一度はしたかった。開墾のためのユンボやトラクター、それらの運転に必要な講習や免許は、スポーツ・クラブに通う合間に習得した。

開墾作業を始めたのは、房総の山々が紅葉で赤や黄色に色づく頃だった。それから一年、機械の力を借りて放棄地を開墾し、栗や柿、桃を植え、夏には庭先で西瓜を作り、農作業と絵を描くだけの日々を過ごした。絵を描き始めたのは、高校時代、受験勉強の息抜きだった。絵は、後から見返すと、絵を描いたときの思いがよみがえる。それが描き続ける理由

なのだ。人に見せるつもりはなく、せいぜい私の死後、絵で娘が私を偲んでくれたら、と思う程度のものだ。農作業の方は、五体満足なのに、社会に何の寄与もしていないことへの言い訳でもある。だが、農作業も絵を描くことも、老いや無意味な毎日を送っていることを忘れさせてくれた。

たまに横浜郊外の自宅に戻り、以前から通っていたスポーツ・クラブでテニスをし、知り合いと酒を飲んだ。私は、禅宗の修行僧ではない。

房総の山谷《さんこく》が桜に彩られる光景を一度ゆっくり楽しみ、二度目を楽しもうとしていた頃、鬼頭昭雄《きとうあきお》という一回り年長の元上司が押しかけてきた、ボランティアをしろと言うのだ。狭心症を理由に断ろうとすると、

「そんなこと気にしてウジウジ過ごすより、ピンピンコロリの方がええやろ」

と、後述する主治医の言葉と正反対のことを言い、

「人助けや。漫然とその日を生きるだけなんて、飼い猫と同じだ。運動や農作業も、寝たきりの先延ばしのためやろや。先延ばしが生きる目標かよ。そんな人生になんの意味がある」

と、変な関西弁を交えて、日頃の言説をまくし立てた。

「漫然と生きようが生きまいが、俺の勝手だ。俳句を生きがいにするのと同じ。俺には、それが絵だ」

「絵なんぞ仕事の合間でも描ける。仕事で旅に出れば、新たなインスピレーションが湧くぞ。とにかく、手伝え。昭和の国立大学のとびきり安い授業料と日本育英会奨学金の恩恵の還元だ。納税者への恩返しだ」

と、おかしな理屈を付け加えた。

私は、幼児の頃から一人でいるのが好きだった。戦後のベビーブームが過ぎ、それまで一学年四クラスだったのが二クラスに減った世代だ。親に言われて仕方なく外に遊びに出ると、近所を仕切るガキ大将は、鬼頭昭雄の世代だった。

人の上に立ちたがり、いつも何かをしていないと気が済まない鬼頭昭雄に、なんだかんだと言われて引きずり出された。横浜の自宅と、大阪の下町のトタン葺きで油まみれ、日の光が差し込まない工場なのに陽光社、正式には陽光金属加工株式会社と名乗る町工場とを行き来する暮らしが始まった。愚かなことをしても、それに気がつく暇がない毎日に引き戻された。もっともそのおかげで、海外への旅もできた。

そのとき引きずり出されたのは、私だけではない。鬼頭昭雄の息子、鬼頭健一もだ。彼の方は、職工達から罵声を浴び、昭和の時代のスポーツ強豪大学の一年生部員以下の日々が始まった。

これからの話は、その陽光社に私が入る前、鬼頭昭雄から聞いた出来事だ。コロナ禍の前ながら、マッカーサーが厚木に飛来して七十年ほど経った頃、パワハラ、セクハラ、カスハラ、ＬＧＢＴ、ルッキズム等の人権、差別に敏感な令和の日本に至る前だ。だから、昔の映画やテレビ番組の再放送によくある、「今日から見れば不適切と思われる表現がありますが、作品の制作されたときの時代背景を考慮し、そのままとしました。ご理解のほどお願いします」の注釈をつけておく。

# 目次

# 二　忘れられた人

役員を退任した鬼頭昭雄が、退任後の姿として夢見ていたのは、池波正太郎作『剣客商売』の秋山小兵衛の生き様だ。

小兵衛は、現役を引退してはいるものの、身体能力は維持し、剣客として向かうところ敵なし。人脈も広く、また政権中枢の老中とも懇意にしていて、あちこちに顔を出す。道場の後継者である一人息子の大治郎も剣豪で、父親を手助けする。小兵衛の女性関係は、四十歳も年下の奉公人に手をつけ、夫婦となって暮らしている。

だが、夢と現実は大違い。退任後は、期待に反し、どこからも声がかからなかった。役員退任前に就任していた業界関連の技術委員会が唯一の社会との接点だった。ほぼ毎日、スポーツ・クラブに通って時間をつぶした。スポーツ・クラブでの体力作りは、他にする

ことがないからでもあるが、『引退後も若い女性との関係を楽しんでいる剣客商売の小兵衛に近づくため』には必要なことだった。

自らは認めたくないが、誰からも相談を受けることもない、「終わった人、付き合っても何のメリットもない人」そのものだった。鬼頭昭雄にも一人息子はいるが、定職に就かず、コンビニでのアルバイトで日々を暮らしている。

妻と離婚している鬼頭昭雄に、秋山小兵衛とわずかな類似があったとすれば、一つは二十歳年下の、ホテルで一夜を過ごせる女性が存在し、また、それに応じた身体的能力が、いまだ残っていることだった。

さらに、退職金や年金とともに、親の遺産であるアパート二棟からの収入があり、比較的金に困らないことも、小兵衛との類似点と言えなくもなかった。

鬼頭昭雄の出身地は大阪だが、大学は高度経済成長末期に在学生が過激な事件を起こした関東の国立大学だった。事件を起こした人物達と一緒に機動隊に石を投げていた、と勤め先の部下に自慢したこともある。

鬼頭昭雄は、大学卒業後、一度は町工場で働くが、そこでの将来に見切りをつけ、外資

の入った会社に転職した。転職後は、順調に出世し、技術部門の長を務めた後、最後は、開発製造部門とともに営業部門も統括する常務取締役となった。しかし、退任前の最後の半年は、親会社から取締役として天下ってきた人物に実権を奪われ、まさに窓際で会社生活を終えた。学生時代はヘルメットに覆面姿で棒を手にした連中を指揮し、最後は企業戦士として終わるという、この世代特有の、時代の流れを無節制に受け入れる能力とともに、戦前、戦中の団結至上主義的な思考も残っていた。鬼頭昭雄から、「俺は組織を守るために働いているのだ」とのつぶやきを聞かされた部下は少なくなかった。

悪人ではないのだが、上から目線でお説教したがる鬼頭昭雄なので、かつての同僚、部下の中で退職後に付き合っているのは、五歳ほど年下の野口宏ぐらいだった。野口宏と鬼頭昭雄は、同日に中途入社し、同じ部門に所属することがわかり、そのまま飲みに行った。ゴルフを、「成金趣味の棒振り遊び。あんなもん、やってたまるか」と軽蔑する点で、意見が一致した。やがて、鬼頭は年下の野口に誘われ、テニスを始めた。互いにため口で話す間柄だ。

野口宏の会社での職歴は、平の取締役までは、鬼頭昭雄の後をなぞった。野口は、無理

に鬼頭昭雄に引き立てられたものの、どちらかというと内向的で、人前に出ること、目立つことが嫌いだった。そんな野口宏だからこそ、鬼頭昭雄は、安心して自身のプライベートな出来事、離婚した妻に対する愚痴や愛人の存在とその素性も打ち明けた。

野口宏が鬼頭昭雄の愛人を初めて見たのは、鬼頭が窓際に追いやられる前だった。その晩、野口宏は、担当事業の営業統括取締役として、部下とともに販売会社の社長連をホテルのレストランで接待していた。ふと顔を上げた取引先の社長が、顎を野口の背後に向け、言った。

「あれ、鬼頭常務ではないの。御社の」

野口と部下が振り向くと、鬼頭昭雄が高価そうなワンピースを着た女とともに、席に座るところだった。二人の横顔が見えたが、取引先の社長はニヤついた。

「鬼頭常務は奥さんと別れて独身だと聞いていたけど、どなたですか。あのすらりとした美人は。御社の社員の方ですか。ご存じの方？」

野口は、首を振った。

「鬼頭常務、さすがですな。英雄色を好む、ですな」

販社との接待の翌日、仕事を終え、鬼頭昭雄に誘われて入った飲み屋で、野口が鬼頭昭雄に、前日、ホテルのレストランで見かけたことを話した。すると鬼頭昭雄は、あっさりと、江崎久美という女の素性を明かした。

鬼頭昭雄は野口に、上に上がるほどストレスが大きくなるものだ、と前置きした上で、妻と離婚していることもあり、いつしかソープランドでストレスを発散するようになった、と説明した。さらに、健康のため酒量を控えるように医師から指示され、女遊びは禁酒のためのニンジン代わりだ、との言い訳もした。その上で、

「あいつとはもう三年越しの付き合いだ。最初に会ったとき、あいつが『鬼頭さんと私は腐れ縁になるような気がする』と言ったけど、その通りになってしまった」

野口は、「だから、なんなのだ」と思ったが、鬼頭昭雄は、

「最初はただのソープ嬢だと思ったよ。でも、すぐに上野、池袋でファッション・ヘルスを経営していることを教えてくれた。経営者でありながら、昼は暇つぶしにソープ嬢だ。とんでもない女だ、と思った。そのソープ店は、三十過ぎの女を多く集めた店だ。俺にはそれが合っている。若い女だと、会話が成り立たない。話が合わない」

野口が眉をひそめたので、かえって鬼頭は、冗舌になった。

「しかし、彼女達に罪悪感や劣等感がないのには、驚いたよ。昔、ＮＨＫのドラマ、『夢千代日記』で、同棲する愛人を殺した女がいた。殺したのは、トルコ風呂に売り飛ばされるからだ。それとは大違い。子持ちもかなりいる。ＯＬとの兼業なんてざら。外資系証券会社のユーロのトレーダーだったとか、看護師や薬剤師もいる。悲惨さもなく、セックスも会話も面白い。銀座のクラブ以上だ」

「作り話だろ」

「いや、それなりの知識や経験があることがわかる。まあ、『夢千代日記』に出てくるような境遇の女もいるだろうけど、そんな女とは、出会ったことがない。あの江崎久美の父親は、もう引退したけど、大手電機会社の技術者だ。一人娘だけれど、すごいもんだ。大学生の頃には既にファッション・ヘルスで働きながら、風俗関係の広告会社を起こしている。おまえには、信じられないような生き方だろ。あいつとは、相性が良い。タガが外れているかと思うと、妙なところでまともだったりする。とにかく面白い」

鬼頭昭雄が会社を去る直前、野口宏は二人だけの慰労会をした。まだ、退職後の、新たな人生への期待と自信に溢れていた鬼頭昭雄は冗舌だった。「飲む」はともかく、「打つ、買う」には手出ししない野口に、中学生のとき、お説教する大正生まれの女教師をからかい、苛つかせたのと同じことをしたくなった。

「例の女社長、江崎久美のことは話しただろ」

「ああ、販社の連中を、ホテルのレストランで接待したときに出くわした年増美人。風俗店を経営している女だろ」

鬼頭昭雄はうなずいた。

「あいつ、今度、S市にあるソープランドの権利を買った。彼女の夢はソープの経営をすることだった。俺もその資金の一部を出した。役員や株主になるのはまずいから、十五%の金利で、七年間の元利均等返済。俺のあっちの能力も、長くてもあと七年ぐらいだ。金利分で彼女と遊べる。融資先の業態は、人類最古の商売だ。どんな不況でも必ず需要がある」

鬼頭昭雄が口にしたS市は、東京からかなり離れた地方都市だ。野口宏の反応は、鬼頭

の言うところのプチブル的な小心なものだった。

「大丈夫か？　俺も鬼頭さんも、製品の品質、機能や性能絡みのうそはなんとなく気付くかも。でも、女のうそを見抜く能力は怪しいぜ。せいぜい病欠理由を見抜けるかどうかだ」

鬼頭昭雄の役員退任から一年後、野口宏も平の取締役を一期限りで退任し、さらに鬼頭昭雄と同じく、顧問で会社に残ることもしなかった。退職後も、鬼頭昭雄と同じスポーツ・クラブに通い、テニスを続けていた。他にすることのない鬼頭昭雄は、ほとんど毎日、スポーツ・クラブにやってきていた。スポーツ・クラブ通いが、仕事のようになっていた。

ある日、テニスの後の居酒屋で、鬼頭昭雄は、野口が取締役を自ら退任し、顧問で残らなかった理由を、詰問した。野口は、ぼそぼそと答えた。

「以前から、狭心症の疑いがあって、医者に通っていた。半年前、医者から、ＭＲＩのある病院での検査を勧められ、検査した。そしたら、冠動脈に閉塞が見つかったんだ。手術前提で医者は大学病院に紹介状を書いてくれたけど、そのとき、医者が言った言葉に引っかかった。『癌は良いですよ。死ぬまでに、大なり小なり時間があるから。でも、心臓は

ある日突然止まる。突然死ですよ』。ピン、ピン、コロリは、よく聞くけど、逆だ」

「でも手術はなかったんだろ」

「カテーテル検査で、手術するほどの閉塞は見つからなかった。閉塞はあるけれど、プラークが異常反射し、閉塞が大きく映ったらしい。無罪放免。もっとも、『手術するほどではないにしろ、閉塞があるから気をつけろ』とは言われた」

そして、

「突然死した知り合いが二人いたけど、こういうことだったのか、と納得したよ。鬼頭さんも、一度診てもらった方が良いよ。知り合いは病気とは無縁だった」

と付け加え、ビールの後の日本酒をゆっくり味わい、つぶやいた。

「まあ、蓄えもあるし、年金もある。これまで働いた御褒美だと思って、無為徒食の毎日への罪悪感を払拭している。時間に拘束されず、対人関係を気にする必要もないストレス・フリーの毎日だ。もう、とてもじゃないけど、会社勤めには戻れないし、戻る気も起きない」

そんな野口に鬼頭昭雄が不満げな顔をした。お説教じみたことを言いそうだったので、野口は話をそらせた。

「ところで、金を貸した、あの風俗店経営の女社長とは、どうなっているの」

「弁済金は約束通り毎月振り込まれる。けど、こないだS市に会いに行き、予約してあるホテルに誘った。そうしたらいきなり『ヘルスやソープは見下されているけれど、銀座のクラブや、美食家やらが集まるレストランと、私達と何が違うのよ。どっちも欲望に応えてるだけ。違いを教えて』ときた」

「それでなんて答えたの」

「答えが見つからずにいると、『同じよ。経済なんてそんなもんでしょ。私も、経営者として従業員に責任がある。店が軌道に乗るまで、鬼頭さんとはしないことに決めた。私、結構、験を担ぐのよ。鬼頭さんの運気が私や私の会社に影響しないかが心配』この言いぐさだ」

と、ため息をついた。

「しかし、まだ諦めきれない」

「女をか」

「ちがう。こんな無為徒食の毎日から抜け出すことだ。あいつの店の客には年金生活者が

多いらしい。あいつ、商売上手だから、居酒屋やファミレスによくあるハッピーアワーや、高齢者割りの料金設定までしている。でも、俺は、年齢を明かしてまでして、料金を割り引いてもらうのは嫌だ。高齢者の中には、みえ張って、背広姿で現れて、女の前で良い格好するやつもいるらしい。何かしらの仕事をしているのを装うのさ。女達にはバレバレだけれど。でも、俺には、そいつらの気持ちがわかるよ」

鬼頭昭雄とは、こんな男だ。いわゆる団塊の世代の最終走者で、ヘルメットとゲバ棒の組み合わせを卒業すると、いつの間にか企業戦士に変身しているようないい加減さが、この世代の一典型だ。

大学入学以降、関東で暮らしていた鬼頭昭雄だが、出身の大阪には親から譲り受けた一軒家と二棟のアパートがある。アパートの管理は不動産屋に任せていたが、大阪郊外の無人の実家には、会社勤めの頃から月に一度は戻っていた。両親の残した遺品の整理に手間取り、借家として貸し出すことも、売却することもできないでいた。

アパートの管理を任せていたのは、父の代からの付き合いである三木不動産という町の

不動産屋だった。そこへ時々は訪ねることにしていた。大阪の実家に戻ったある日、アパートの状況や実家の後始末のこともあり、三木不動産を訪ねた。アパートの住人達などについてのよもやま話の後、不動産屋の三木社長が、問いかけた。

「ところで、あきヤン、いや鬼頭ハン。こっちで働く気はないか。わしにいとこがおったんや。みさ枝、いうたんやけどな。去年の夏、亡くなってしもうたんや。みさ枝の連れあいが陽光社ゆう、町工場やっててんねん。みさ枝が、取締役総務部長の肩書きで、経理も含めた事務仕事を一人で仕切っとった。いまは、それを職人気質の社長が一人でやっとるが、手がまわらん。事務職は一人だけ。営業の梶原ゆうネズミみたいな男がおるけど、いつもソワソワしとって役に立たん。けどな、社員は十人ほどやけど、大手の重工会社や総合電機会社から頼りにされ、安定した売り上げもある。こないだは、X社が資本参加した」

X社は、戦前からの企業グループの中核会社の一つだった。三木社長は、老人特有の眼鏡越しの上目遣いで続けた。

「そこで、働く気はないやろか。もちろん役員待遇や。給料は、はずむと思うで。どやろな。あんた、一度は町工場で働いたことがあるやろ。あんたが、大学卒業したとき、おやっ

さんが、怒っていたもんな。何を考えとるんや、と」

大学時代の鬼頭昭雄にとって、大企業は伏魔殿だった。そこは、個性を押し殺して、夜遅くまで働かなければならない場所であり、背広にネクタイという、没個性の屈辱的ないでたちをしなければならない組織でしかなかった。

そんな思いで就職した町の鉄工所だった。人間関係は悪くなかったが、在籍は三年だけだった。収入より、自分を生かし切れないことへの焦りが高じた。古手の社員は、新しいことへの挑戦に目を背け、忌み嫌った。未知への対応への煩わしさ、さらに自分の存在価値が失われることへの恐れがあった。そこでの人間関係と、新技術や新たな事業展開とは、両立できなかった。

鬼頭昭雄が三木社長の誘いに浮かない顔をしたのは、そんな思い出があったからだ。鬼頭昭雄は町工場を退職後、外資の入った会社へ転職し、四十年近くを過ごした。その間、海外にも出張し、最先端の技術に触れることもでき、役員にもなった。しかし、外資の資本を引き取った財閥系会社からの天下りに対抗する術はなく、役員任期の最後の半年は、実権のない閑職にまわされ、不本意な退任をした。

鬼頭昭雄は、会社員時代の刺激的な毎日が忘れられないでいた。鬼頭昭雄にとって、無職の年金生活者とみられることは、屈辱だった。無職であることは、尊敬の対象ではなかった。退任しても、業界団体の技術委員を務め、月に数度は背広にネクタイ姿で都内に現れ、二、三ヶ月に一度は海外出張があった。無給ではあるが、旅費、宿泊費は委員会が負担してくれた。

それがよりどころだった。しかし、その委員の任期も半年前に切れた。そこで、人材紹介会社に登録したのだが、中途半端な規模の会社の役員だったという経歴がかえって邪魔をし、色よい返事は来なかった。

「あんた、公認会計士の勉強も、しとるんやろ。その成果を実地で役立たせる機会やないか」

気乗りしない顔の鬼頭に、三木社長は口説いた。

実権を親会社からの天下りに握られ、することもなかった窓際の半年間、鬼頭昭雄は退職後に備え、何か資格を取ろうと考えた。弁護士、技術士、会計士が思い浮かんだ。これまでの知識や経験から最も縁遠いのが弁護士だった。残る二つの内、技術士は役員前であればともかく、諸々の工学の公式や知識も怪しくなっていたし、何よりも資格を取得して

も、御用聞き的存在でしかないように思えた。それより財務会計、管理会計、監査、企業法などの方が、むしろ親しみやすい存在になっていた。簿記の資格を、管理職になる前の担当時代に、会社が補助金を出す社内研修講座を受講し、取得していたこともあった。そんな理由から、窓際時代に通信講座で会計士の勉強を開始し、一次試験は二回目で合格したものの、二次の論文試験の発表が前月にあり、不合格だった。三木社長には、公認会計士の勉強をしていることを、最初の一次試験不合格が判明した頃、愚痴まじりに話してしまった。

「まあ、ちょっと考えとってや。人助けや、とも思うて。多々良《たたら》いうんや。そこの社長は」

不動産屋の三木社長は、「陽光金属加工株式会社、代表取締役　多々良忠」と記された名刺を渡した。

鬼頭昭雄は、実家に戻り、ウイスキーを飲みながら、持参したノート・パソコンで、陽光金属加工株式会社のことを調べてみた。もちろん、自社のホームページなどなかったが、関連WEBサイトで、航空宇宙部品用の高温特性に優れた超合金の加工技術を有している、などの断片的な関連情報を得た。

さらに、横浜の自宅に戻ってから、かつてのツテで、業界や信用調査会社の知人に、陽光金属加工について調べてもらった。不動産屋の三木社長が言う通り、取引先にX社、Y重工があり、かなりの額の継続的な売り上げがあった。航空宇宙の部品で、高温特性に優れた超合金を精密に加工できるのは、その町工場ぐらいしかないことがわかった。数少ない年代物の工作機械とその機械を使いこなせる技量が必要らしい。

委員を退任してからは、毎日のようにスポーツ・クラブに通い、それが仕事と化している鬼頭昭雄だ。風俗店を経営する江崎久美は、地方で手に入れたソープの経営に忙しく、また、無職である落ち目の鬼頭昭雄を忌避していた。

一方、公認会計士の方は、一次試験は二回目で合格したものの、二次の論文試験は不合格となった。勉強を続けて翌年合格したとしても、正式な資格習得には、三年以上の実務経験が必要なことから、六十代の後半に突入している鬼頭昭雄には、魅力が失せ、勉強に身が入らなくなった。さらに決定的だったのは、野口宏の娘が監査法人に勤め、会計士を目指していることを知ったことだった。

鬼頭昭雄には、スポーツ・クラブに通うぐらいしか、昼の時間を過ごす当てはなかった。

平日の昼のスポーツ・クラブは、老人と子育てを終えた主婦達であふれていた。筋肉トレーニングやランニング・マシンを使う、頭がはげ、顔に老人斑が浮いた男達を見て、自分のことは棚に上げて、何のために体を鍛えているのか、と内心あざける鬼頭昭雄だ。「せいぜい、寝たきりになるのを先延ばしし、介護で社会の負担となるのを軽減するため。いや、することがないから、ただ体を鍛えるのが目的化しているだけだ」と口には出さずに侮るのだ。ジャグジーには、そこに何十分もつかり、目を閉じ恍惚そのものの老人もいた。

スポーツ・クラブでも、女達の方は、井戸端会議に忙しい。中には容貌、容姿とも目を引く女性がいるが、彼女達から鬼頭昭雄が連想するのは、江崎久美が経営する店で働く、身体の美しさを保つためジム通いを欠かさない女達だ。しかし、そんな女性達が鬼頭昭雄に向けるまなざしは、「終わった人、退職者など相手にしないよ」と、思わせるものだった。テニスでキャッキャと鬼頭昭雄に話しかけ、なれなれしく肩をたたいてくるのは、閉経した年代の女性達ばかりだった。

テニス仲間の野口宏は、数ヶ月前から千葉の耕作放棄地を借り、稲を植え、果樹を育てるのに忙しかった。「植えた栗や柿が収穫できるまで、生きていないかもしれませんが、

気楽でしかも充実した毎日を送っています」などとのメッセージとともに、横浜に戻る予定をメールで知らせてきたが、以前ほど頻繁に会うことはなくなっていた。

委員を退任し、全くの無役、無職になってから、改めて鬼頭昭雄は、リストラされた人の気持ち、そして子育てのため離職し、家事に閉じ込められた女性の気持ちがわかったような気がした。

さらに、自身が以前の勤め先での陰口や嘲笑の対象になっているのではないか、とも思えてきた。退職した会社の部下達、委員会の同僚達が、退職直後、「また、是非、飲みにいきましょう」、などと言っていたが、それが外交辞令でしかなかったことに、ようやく気がついた。

登録した人材紹介会社からも、何の音沙汰もなかった。いっそ、ハロー・ワークかシルバー人材センターにでも登録しようかと思い始めた頃、不動産屋の三木社長から電話があった。

「どや、あきヤン。アルバイトでもええ、短期間でもええから、例の多々良のおっさんのとこ、陽光社で働いてくれんかのう」

「社長以外には経歴は隠し、当分の間は臨時雇いでならやってみようか。取りあえずはリ

ストラで嘱託継続を切られたかわいそうな六十代後半の男、ということにしておいてくれますか」

その翌日、三木社長から電話があった。陽光金属加工株式会社の多々良社長からの「初出勤は、忙しいから午後一時にしてくれ」との伝言だった。

# 三　忘れていた光景

陽光社、正式には陽光金属加工株式会社への初出社の日、鬼頭昭雄は、着慣れた背広姿で出社した。四十年以上前の鬼頭昭雄が、社会人となったのと同じ日、新年度の始まる日だ。晴れてはいるものの肌寒いことも同じだった。「あの頃は、どんな町にも必ず一軒は鍛冶屋か鉄工所があったけれど」などと思いながら、下町の雑多な街並みの中にある陽光社にたどり着いた。

工場はトタン張りの二階建てで、シャッターが開け放されていてもなお暗く、油で黒くなった土間に工作機械が並んでいた。大声で名乗っても、返事がない。汚れた作業着を着て、古ぼけた中ぐり盤と思われる工作機械にかじりついている七十前後のじいさんが二人いたが、素知らぬ顔だった。旋盤を前にした、色黒でがっしりとした体に茶色の色眼鏡を

かけた男も一瞬顔を向けたが、無視を決め込んだ。一人、入り口近くで製品をウエスで磨いていた若い男が立ち上がり、工場奥にある大きな装置、蒸気機関車の胴体を一回りほど小さくした円筒状の熱処理炉脇に立っている男に近寄り、耳打ちし、壁際の鉄製階段を駆け上がった。

熱処理炉から離れた男は、壁際の洗い場で手を洗い、首に巻いたタオルで手を拭きながらやってきて、土間の片隅のベニヤ板で囲った部屋に案内してくれた。それが社長だった。ソファーに腰掛けるとすぐ、頭にタオルを巻いて前掛けした、掃除のおばさんそのものの格好の女がお茶を持ってきてくれた。歩き疲れて喉が渇いていた鬼頭昭雄は、思わず手に取ったが、おいしかった。木下藤吉郎をもてなした石田三成のことを思い出した。多々良社長は、笑みをうかべて、

「おいしいやろ。歌子ハンのお茶は」

と言った後、続けた。

「よろしゅう、お願いしますわ。ちょうどええところや。実は今日、株主で発注元のX社から一人、出向者が来よる。あんた、その男のめんどうみてや。扱い慣れとるやろ。X社

みたいな会社のやつは」

言い残して部屋から出ようとするから、

「え、出向者。なら、私はいらんでしょう。不動産屋の三木のおっさんへの義理立てで私を雇うなら、ええですわ。遠慮しときますわ」

「いや、そうやない。出向者の給料は向こう持ちや。それに、そいつ、ここに来て何をするのか、ようわからん。去年の暮れ、ちょっとした事情があって、X社に会社の株の三分の一ぐらいを売ってしもうたんや。もちろんこんな会社に株券なんてないから書類上の話や。X社は嫌いやが、急に金が入り用やったんで仕方なかった。そしたら、しゃちこばって株主総会開けだの、出向者受け入れろだの、貸借対照表やらの財務書類を出せだのと言ってきた。なんでもX社には、関連会社が法律を守っているかをチェックするための規則があるらしい。その基準に従え、とうるさく言うてきている。その規則作りで、出向者を受け入れることになったんや。おまけで会社の仕組みを調べて、改善点を見つけてくれるゆうことやけど、こんなところに来るやつや。ろくなやつやないやろ。現場の仕事はできへんと思う。だからお願いしますわ」

言い残して、さっさと仕事に戻ってしまった。鬼頭昭雄は、いくらなんでもと思って社長を追いかけ、ベニヤ部屋を出ると、五十前後の背広を着た男が、工場入り口の半分上がったシャッターを潜って中に入ろうとしたところだった。後から聞いた掃除係の歌子おばさんの表現に従えば、大阪名物の食い倒れ人形に黒スーツ着せた男ということになる。

「多々良社長。初めまして。このたび御社の企画室長を拝命したX社の乃間《のま》誠です」

背広を着ている鬼頭昭雄を社長だと勘違いし、思いっ切り腰を折って、名刺を出した。

「いや、いや、私は単なるパートです」

と応じて、鬼頭昭雄は、熱処理炉の制御盤を一心不乱ににらみつけている社長のところへ連れていった。挨拶した乃間は、油に汚れた社長の手を見て、名刺を出しそびれた。沈黙の時間がしばらく続いたので鬼頭昭雄は、

「どうぞこちらへ。社長もお願いします」

と、破れたソファーが置いてあるベニヤ囲いの部屋に案内した。途中、製品を油拭きしていたさっきの若い男と視線が合った。その男は笑みを返し、「心得た」とばかり階段を駆け上がっていったので、鬼頭昭雄は気持ちがはずんだ。

応接室で乃間は、差し出した名刺を油で汚れた手で受け取り、無造作にポケットに突っ込む社長を、むっとした顔でにらみ、またしばらく沈黙が続いた。そこへさっきの歌子さんがお茶を持ってきたのを幸いに、「後はよろしく」と社長は、歌子と一緒に部屋から出て行ってしまった。乃間は歌子の背中と出されたお茶を見比べたが、手は出さなかった。

鬼頭昭雄は、退任前、外資に代わって支配権を握った財閥系の親会社から出向してきた連中のことを思い起こした。乃間がどんな男か確めたくなった。

「工場の中を見ておきましょうか」

と、自身の勉強も兼ねて、工場見学をすることにした。居合わせた連中に、まるで数年来の従業員のような顔で乃間を引き合わせた。

「自己紹介をお願いします」

と言う鬼頭昭雄を不思議がる者は誰もいなかった。しかし、ぶっきらぼうに名前だけ言って仕事に戻るのは、まだましな方だった。そんな連中の中で、鬼頭昭雄を見つけて社長に耳打ちし、お茶の手配で二階に駆け上がってくれた若い男だけは、こん包の手を止めて立ち上がった。

「安積庄司《あずみしょうじ》です。しょうヤン、と呼ばれてます。まだ見習いです。配送係もしています」

と、関西弁のイントネーションでにこやかに応対した。鬼頭昭雄が、

「まだ他に人はおるんですか」

と、つられながらも変なイントネーションで尋ねると、庄司はうなずき、二階に案内してくれた。二階は食堂を兼ねた休憩室になっていた。壁際の流し台では、お茶を入れてくれた女、歌子が洗い物をしていた。もう一人、弁当などを食べるために使うコンパネ材剥き出しのテーブルに、背広を着た骸骨のような男がスポーツ新聞を広げていた。

足音に気付いて振り返った歌子に、

「パートで働かせていただくことになった鬼頭昭雄です。さっきのお茶、おいしかったです」

それを聞いて、スポーツ新聞を読んでいた、擦り切れた紺の背広の骸骨男が、甲高い声を出した。

「そんなお世辞、言うたらあきまへんで。このばあさん、ますますつけあがりマッセ」

「ばあさんとはなんや。ばあさんとは。せめておばはん、と呼ばんか。このどアホ」

と、思いっきり骸骨男の背中をどやし、

「井出歌子、いいます。よろしゅうに」

と、栄養の良い顔に満面の笑顔を浮かべた。

「こっちは、梶原。ヘロナミンゆうあだ名の競艇狂いの役立たずや。ほら、挨拶せんかい」

すると、骸骨男は意外にも口答えせず、素直に挨拶した。

「営業の梶原孝です。わからんことあったら、なんでも聞いてください」

そして、まだそこに居残っていた庄司に、

「庄ヤン、箱、詰め終わったか」

庄司がうなずくと、

「あんがと。なら納品に行ってくるわ」

と、骸骨男の梶原は階段を降りていった。

工場の全員に挨拶し、階下のベニヤで囲った応接室に戻った後も、乃間は歌子が入れてくれたお茶に手をつけず不満げだった。鬼頭昭雄は、それが自分の居場所がわからないからだと気がついた。何で俺がこんなことまで、とは思ったけれど、乗りかかった船だ、と乃間をなだめることにした。

「すいません。机と椅子の準備ができてません。今日のところは、従業員との引き合わせも終わったので、ここでお休みください」

と言い残し、工場奥で仕事をしている社長の所に向かった。そして、相変わらず変なイントネーションだとは思いながらも、

「あの男の居場所、用意せな、あきまへんで」

「あんたの隣でええやろ」

「私の席はどこでっか」

「あっこや」

土間の片隅、熱処理炉から離れた奥の壁際に事務机と紙ファイルを押し込んだ書類棚があった。亡くなった社長の奥さんの机だったらしい。

「冗談やおまへんで。私一人ならあそこでかまへんけど、あんなんが隣にいたら、かないまへん。この話、なかったことにして、私、帰りますわ」

「まあ、まあ、そう言わんと、お願いしまっせ。あんたのことは不動産屋の三木ハンからよう聞いてますわ。退職前の会社や役職のことも、技術も営業も会社経営も経験しはった

ことも。あの男の面倒もお願いしますわ。後から、もう一人追加で来よるらしい。なんならあんたの給料、もう少し上げてもええ。元々かみさんに払っていたぐらいは、何とかなる。今日のところは、これで適当にやっておいてくれなはれ」

そう言ってポケットから封筒を取り出した。結構な数の一万円札が入っていた。鬼頭昭雄は、不動産屋のやつ、どこまで俺のことをバラしたのだろうか、と思うと同時に、自身の初出社を乃間の出社日に合わせたこの多々良社長は、意外にくせもんかも、と思った。

「給料はともかく、いつ辞めてもええならやってみますわ」

社長は、それにお構いなしだった。

「しばらくしたら追加で来よるもう一人の居場所の方も、その金でよろしゅう頼みまっせ」

土間の片隅の喫煙場所にしゃがみ込んで、たばこを吸っていた庄司を鬼頭昭雄は見つけた。

「あんた、今日、暇をみっけて、この金で、あれと同じようなスチール机と椅子を二組、どっかの中古屋で買ってきて、あのベニヤ部屋入れといてくれへんか」

「部屋にある応接用のソファーとテーブルは、どないしましょう。二階の食事場にでも運んでおきましょか」

と、庄司が機転を働かせたので、鬼頭昭雄はまた庄司が好きになった。鬼頭昭雄は、封筒の残りの万札を頭に入れてベニヤ部屋に戻り、不満あらわの乃間に言った。

「今日のところは、これで終わりにして、どこかで酒でも飲んで、ゆっくりしてもらえ、というのが社長のご意向です」

まだ日は高かったが乃間を飲みに誘い、酔わせていろいろ聞き出した。

乃間は五十過ぎで、関西の名門高校からT大卒。それなのにX社から、十人に満たない町工場である陽光社、正式名は陽光金属加工株式会社に出向させられた人物。それだけでも、鬼頭昭雄はその人物像について大方の想像がついた。食い倒れ人形のような容貌の通り、まじめなことは確かだ。

乃間から、X社と陽光社との関係について聞き出した。陽光社は、外見はトタン張り二階建ての鉄工所ながら、熱処理と精密旋盤加工では国内有数の会社だ。陽光社でしかできない部品を、かなりの高額で、古くからの名門企業であるX社やY重工に供給している。X社お得意の下請けの奴隷化、納入価格引き下げにも応じない。陽光社に代わる技術、ノウハウを持った下請け先が見つからないからだ。X社で納入価格以上に問題になったのは

ＢＣＰ（事業継続計画）だった。さすがに株式市場で高評価されているX社だけあって、東日本大震災以前から、事業の継続や復旧のための計画を策定していた。ＢＣＰでのネックの一つが陽光社だった。陽光社が、罹災したら、X社の航空宇宙関連の事業が継続できなくなることが内部で指摘された。そこで、Xはかなり前から陽光社を飲み込もうとしていたが、社長は頑としてはねつけていた。それが亡くなった社長の奥さん名義の株を買い取るという形式で出資できたのは、去年の暮れ、鬼頭昭雄の初出社の四ヶ月前だった。社長の奥さんは豊中の農家の出身で、かなりの土地を持っていた。その土地に建てたアパートを社長の息子に相続させるのに金が必要だった。

こうして陽光金属加工株式会社の資本の一部を手に入れたX社だが、関連会社に関する規則がある。X社は、関連会社の不祥事を恐れる。マスコミネタになったらイメージダウンだ。たとえ従業員十人の陽光社でも、なにか起これば親会社の責任としてマスコミに糾弾される。X社の関連会社として恥じない会社にし、なおかつ納入価格やＢＣＰでX社にとって都合の良い会社に変えるための先鋒として、陽光社とは無縁ながら、まじめ過ぎて浮いた存在の乃間誠が送り込まれた。

酔った乃間は、陽光社が想像以上にみすぼらしく汚い会社なので、同日入社で気を許した鬼頭昭雄へ、愚痴というより絶望を口にした。陽光社のように汚く、小規模な会社に出向させられたことを恥じ、家族や同級生には話せないとも言った。X社の子会社としての規則類を整えて、さっさと戻るとも宣言した。

乃間が言うには、子会社が何か事件やスキャンダルを起こしたとしても、規則があった上での法令違反と、規則なしの違反とでは、世間の非難に対する言い訳のレベルが違う、というのだ。就業規則はともかくとして、BCP、それにコンプライアンスとして、大会社並みの独禁法やセキュリティ対策関連の規則制定とその教育までしようとしているのに、鬼頭昭雄は驚いた。だがそれが、X社の関連会社への統制規則らしい。

早速翌日から、乃間は、早く親会社に戻りたい一心で、ベニヤ部屋にこもって、X社のものを下敷きにして、片っ端から、規則を作っていった。鬼頭昭雄にとって滑稽だったのは、手始めに作った独禁法関連の規則とその説明会だった。同業他社と接触する場合は、事前に申請して、事後はその内容を報告しろ、との規定もあった。作った規則について説明を受けた鬼頭昭雄が、このままでは陽光社にはそぐわない、意味がないし、必要がない、

と忠告しても、これはX社の関連会社の統制上絶対に譲れないと言い張った。談合が露見したときの入札制限が、親会社に及ぶ可能性がある、との理由からだった。

工場の土間に全社員を集めて、乃間が規則の説明をした。社内規則を作り、さらにそれをきちんと全員に説明、周知して、乃間のミッションが完了する。X社への報告のため、三脚にビデオカメラを据えて、録画の準備までしていた。

多々良社長の仕方なしに発した命令に従い、これも渋々集まった陽光社の従業員の顔ぶれは、多々良社長、社長の弟の専務、職長の主島《ぬしじま》、いつも古い工作機械にかじりついている偏屈で無口な七十前のじいさんの徳山と金田、見習い兼配送係の庄司、営業の梶原、掃除などの雑用係の歌子、そして鬼頭昭雄の九名だった。六十歳以下は、ギリギリ六十直前の梶原と、三十代で愛想が良く配送係を兼ねる見習工の庄司だけだ。

講習中、貧乏揺すりをして、イライラしていた職長の主島が立ち上がった。主島、通称主ヤンは、奄美大島出身で、浅黒い顔に茶色の眼鏡をかけ、空手道場に通う、がっしりとした体格の六十過ぎの男だ。立ち上がった主島がすごんだ。

「同業他社ゆうけど、どこまでなんや。町内の土佐島製作や天下茶屋鉄工も入るんかい」

「入ります」

「なんやと。土佐島のやかん禿げ社長や天下茶屋のタコおやじと、立ち飲み屋でパチンコや釣りの話をするんも、事前申告と内容報告しろいうんか。おまえ、アホか。正気か。そんなめんどくさいこと、できるか。どこで何をしゃべろうがわしの勝手や。おまえの指図は受けんわい。アホンダラ。おまえ、何様やと思っとるんや。それに何が災害時の事業継続計画や。そんなもん、この工場には、いらんわい。そんなことする余裕がどこにある。おまえが金を払い、俺達の分まで仕事するんなら、やってもええ。けど、おまえ、そんなことできへんやろ。おまえが来たことこそ災害や。とっとと帰れ。その学級委員長みたいな顔を見てると、むかむかしてくる。どついたる」

主島のがっちりした体格は、スポーツ・クラブで生半可な筋トレをしている鬼頭昭雄などとは、比べものにならない。いがぐり頭に茶色の眼鏡をかけた主島にすごまれ、関西出身なのに標準語に染まってしまった乃間は、関西での禁句を発してしまった。

「馬鹿、むちゃくちゃだ」

馬鹿ではなく、アホと言っておけば、主島もそこまで反応しなかったのだが、

「なんやとー。馬鹿とはなんや、馬鹿とは」

と立ち上がり、腕を振り上げて乃間に歩み寄った。鬼頭昭雄は背後から主島の腕にしがみつき、叫んだ。

「あかん、あかん、やめとけ。警察沙汰になるで。社長、止めさせろ」

社長も、「主ヤン、気ィ静めな」と間に入ったので、主島も上げた手を振りおろした。振りおろした弾みで、鬼頭昭雄は工場の土間に尻からたたきつけられた。胸ぐらをつかまれた乃間の顔は青ざめ、体は震え、ズボンの股間にシミができていた。おかげで、退屈な社内規則の説明会はお開きになった。

その晩は、社長に頼まれ、鬼頭昭雄は乃間誠を、介抱がてら飲みに連れ出した。

早く元の会社に戻りたい一心の、食い倒れ人形そっくりの乃間だが、規則を周知させるための教育をし、さらに理解度の試験をして、全員を合格させないと出向解除にならないから協力してくれと泣きついた。試験は、ＰＣをＸ社の外部接続用サーバーと接続して実行するらしい。陽光社のＰＣは、亡くなった社長の奥さんが使い、鬼頭昭雄にあてがわれた一台と、乃間が持ってきたＸ社支給のノートＰＣがあるきりだ。交代で使うにしろ、

ＰＣを前にした途端、主島職長あたりが、かんしゃくを起こして、たたきつぶす光景を想像し、愚痴る乃間の横で鬼頭昭雄は笑いをこらえた。

鬼頭昭雄は、陽光社での仕事のため泊まっていた大阪の実家で、一人、別れた妻に毒づいていた。

「小説だって、背景の知識があるからこそ面白くなるんだ。健一には背景の知識がないからつまらないのだ。知識が新たな知識を呼び、連関して役に立つのだ。健一のあの態度は、あいつの母親が知識への好奇心を、雑学と馬鹿にして笑ったからだ。学問などみんな雑学だ。それを馬鹿にするから就職試験でも落ちまくるんだ」

息子の健一とは、先ほどまでビールを飲みながら一緒にテレビを見ていた。大阪の実家の片付けで、息子の健一を手伝いに呼んだ。まだ昼過ぎだったが、朝早くから働き、疲れたので、残りは翌日にすることにした。

早めに切り上げたのは、鬼頭昭雄に見たいテレビの歴史番組があったからだった。その番組は、西南戦争を題材にしたものだったが、息子はつまらなそうに一瞥しただけでスマ

ホをいじり始めた。それを横目に鬼頭昭雄は解説した。

「この西郷側近の陸軍少将、桐野利秋。幕末の京都では中村半次郎を名乗り、『人斬り半次郎』とも言われた男だ。知っているか」

と、問いかけたが、息子は興味なさそうに生返事をしてスマホをいじり続けた。

「この西郷従道は、西郷隆盛の弟だが政府軍側について、後に日清戦争のときの海軍大臣だ」

息子は、無反応だった。

「おまえ、歴史で習わなかったのか。西南戦争のこと」

息子は面倒くさそうに返事した。

「あー、覚えてないね」

鬼頭昭雄は、会社の部下、そして卒業直後に勤めた町工場の高卒の友人と比較し、健一の知識のなさ、知識への関心のなさに絶望した。

「西南戦争ぐらい常識だぞ。それぐらい俺の知り合いはみんな知っている」

すると、息子の健一は、

「俺の友達には、そんなことを知っているのはいないね」

スマホをいじりながら面倒くさそうにしたその返事にカッとなった鬼頭昭雄は怒鳴り声を上げた。

「もういい。片付けを手伝ってくれなくてもいい。帰れ、帰れ。駄賃は振り込んでおいてやる。なんだ、その態度は。新聞も読まない。だからまともに就職できないんだ」

急に怒り出した鬼頭昭雄に、息子の健一は椅子を蹴飛ばし、玄関ドアをたたき壊すようにして出て行った。

息子が中学生の頃、妻を通して聞かされた同居していた義母の苦情は、

「あの人、自分の基準に合わせ過ぎる。能力も性格も、違うのだから。押しつけると、ひねくれてしまうよ。それに私、あの人みたいに知識をひけらかすのは、大嫌い。干渉させないようにしなさい」

それを会社で年下の野口宏にこぼしたとき、野口は、

「一理あるとは思わねば。無理に生き方を押しつけておかしくなった例はいくらもある」

さらに、

「旅行に行けば、史跡や博物館など目もくれず、ブランド品の買い物漁りに夢中になるの

はどこも同じ。俺のかみさんや娘も同じさ」

と、慰められた。

しかし、大学卒業後も定職に就かない息子を怒鳴りつけた後の鬼頭昭雄の怒りは、雑学、あるいは雑学の王者と、鬼頭昭雄の知識や興味を軽蔑し、夫である自分より同居する自分の母親の言いなりだった別れた妻に向かった。鬼頭昭雄が息子に、

「新聞を読むと面白いし、成績も良くなるよ」

と、食事中に息子に言えば、後から義母が、

「食事中にお説教や難しいこと言わないでくれ」

と、やはり妻を介して苦情を言ってきた。

ことごとくがそんなふうであり、同じ屋根の下で暮らしながらもいつしか食事は別で、帰ってもただ寝るためだけの自宅になった。息子との会話も、中学、高校と進むうちに、ほとんどなくなった。それでも健一が大学に入るまで離婚しなかったのは、わずかながらでも、自身と同じような子供時代を過ごさせてやりたい、と鬼頭昭雄が勝手に自負していたからだった。

それなのに「俺の友達には、そんなことを知っているのはいないね」と言い放つ息子に、これが我慢に我慢を重ねての結婚生活の結果かと、怒りがこみ上げ、テーブルの上のビール瓶をなぎ倒した。

片付け作業中の会話から、コンビニのアルバイトをしながらも、息子がソフトウエアの勉強に励んでいることを知り、わずかに安堵した。しかし、知識や情報のほとんどをネットから得ていることにがく然とした。テレビもほとんど見ないらしく、ましてや新聞も読まない。作業中は我慢したのだが、その後、ビールを飲むうちに説教調になり、子育てに参加できなかった不満もあり、息子に、「出て行け」、と怒鳴ったのだ。

ビール瓶をなぎ倒した後、改めて息子の将来が不安になった。コンビニでアルバイトしながら、ＩＴ業界への就職を目指し、ソフトウエアの本を広げていたが、それは父親を前にしての演技のような気がしてきた。コンピュータ・ゲームに夢中になって、一生を独身で過ごすならまだまし。愛人の江崎久美が面接で不採用にした、足や腕にタトゥーを入れた女と一緒になり、鬼頭昭雄の生活をかき乱すことにまで思いが及んだ。

「健一の生き方など、去勢された飼い猫と同じだ。その瞬間を安楽に過ごすことしか考え

ていない。庄ヤンの方が、よほど知的だ」

鬼頭昭雄が働き始めた鉄工所、陽光金属加工株式会社の見習工、安積庄司が、陽光金属加工に入社したのは、鬼頭昭雄より一年ほど前だった。九州の離島の出身で、高校を卒業して勤めた倉庫会社で、荷物の搬出入をしていたが、そこが倒産し、手に職をつける意味もあって陽光社に入社した。

数日前、庄司と鬼頭昭雄は、昼休みにコンパネ材のテーブルを前に並んで座り、わざわざ地デジチューナーを接続したブラウン管テレビで、ニュース番組を見ていた。アメリカで、大統領候補に名乗り出たトランプ支持者の集会を見た庄司が言った。

「こないだ、イージー・ライダーって題名の一九七〇年頃の映画を見ました。映画では、オートバイに乗った反体制のヒッピーもどきの若者が、長髪が理由で迫害されてました。けど、このトランプ支持の連中の方が、よっぽどひどい格好してますね。イージー・ライダーでオートバイに乗っていた若者の方が、きちんとした髪型、服装をしてた。逆に、トランプ支持者の方がヒッピーのイメージですわ。イージー・ライダーはお坊ちゃん達のお遊びで、トランプの支持者の方が、私らに近い身なりや無精な顔をしている」

庄司の意外なものの見方に鬼頭昭雄は驚いた。さらに新聞信奉者である鬼頭昭雄を喜ばせることも言っていた。

「高校時代は新聞配達のアルバイトをしてました。だから、朝、自分用の新聞が届けられる毎日に憧れてたんですわ」

学歴、勤め先、地位、そして知識や関心の方向を自身と比較する。これは企業社会を生き抜き、有能さを認められてきた、と自負する鬼頭昭雄に染みついた習性だ。役員で退職したとはいえ、勤めていたのは大会社に飲み込まれた会社だった。マスコミに登場する人物達と遜色のない能力があるとの自負から、余計に息子がもどかしくなるのだ。運と機会さえあれば自分だって、と思うからこそ、息子には機会だけは与えたかったが、今の息子は鬼頭昭雄の基準ではワーキング・プアそのものだった。そう思う鬼頭昭雄自身も、今は、陽光社だけが社会との接点だった。

その陽光社だが、なぜか昼食時に、みそ汁だけを振る舞うしきたりがある。そのみそ汁作りと掃除婦を兼ねる紅一点は、小太りの歌子おばはんだ。鬼頭昭雄が、実家から持ち込

んだ電気ポットに水を入れるため、二階の食堂に上がると、そこには、調理台でみそ汁を作る歌子と、生え抜き社員で唯一背広を着ている営業係、ヘロナミンというあだ名の競艇狂いの梶原がいた。

小男の梶原は、ほほ骨が突き出ているため、かけている眼鏡が骸骨の眼窩のように見える。主島、徳山、金田といった坊主頭の古株の中で、梶原だけはポマードをつけて七三に分けているが、どこかネズミのような感を与えた。いつも着古した紺色の背広姿だったが、まれに黄ばんだ白ワイシャツだけで工場に来ることがある。それは、一着しかない背広をクリーニングに出した日だ。そんな日は、いつもは背広の内ポケットに入れている長財布と、なにより大事なボートレース手帳に競艇選手名鑑を、紙袋に入れ、抱きしめて出社する。梶原にとって背広は、財布と競艇資料の所持に便利なるが故に着ているのであって、営業的な儀礼は二の次だった。

そんな梶原が、昼食に使うコンパネ材のテーブルを前に腰掛け、スポーツ新聞の競艇欄も見ながら、調理台の歌子に話しかけた。

「あれじゃあ、庄ヤンもかわいそうや。もうちょっと親身になって教えてやらな。あんな

ふうに技は見て盗め、なんてもう通用せえへん。おのれらが取って代わられるのが怖いんとちゃうか」

と、古手の主島、徳山、金田の陰口をたたき、配送を手伝わせる庄司に同情した後、思い出したように言った。

「そういや、徳ヤンと金ハン、姿見いへんけど、やっぱりか」

歌子が答えた。

「そうや。昨日、阪神負けたんで、また飲み過ぎたんやろ。ほんまこの工場の男どもアホや。主ヤンも、徳ヤンも金ちゃんも、そろいもそろってアホや。阪神が勝つと、浮かれて喜々として仕事しよる。負けると機嫌が悪うなって、当たり散らす。勝った、勝ったと飲みに行き、負ければ負けたで、やけ酒や。テレビ見ては、喝采上げたり毒づいたりしよる。そんな暇あれば、孫の面倒でも見ろ、と言うとうなる。シーズンオフになれば、偉そうに、オーナーか評論家気取りで監督候補やトレードの品定めしとる。ろくにニュースも見んし、選挙にも行かんような男らがやで。阪神の不幸はおのれの不幸、阪神の快調はおのれの快調や。おのれの代わりに阪神に生きてもろうとる。タイガースが、おのれのしょうもない

人生の身代わりかいな。そしておのれは、なんもせんで、ただ酒飲んで騒いどるだけや」

梶原は、ここぞとばかり、赤鉛筆で印をつけた出走表を畳んでたばこに火をつけた。

「ほんま、おっさんらの気が知れんわ。金にもならん。頭も使わん。ボートの方がよっぽどましや。負けても、次の日に期待ができる。毎晩、次はもっと当てたろと、夢見て過ごせる」

「あんたなあ、そのばくち狂いの人生に、庄ヤンを引き込んだらあかんで」

「そう言う歌子ハンかて、毎晩けったいな太鼓叩く何とか教に、庄ヤン、誘っとるやろ。あかんで、若いもんの目ぇーを、塞いでしもうたら」

「なにー。ヘロナミンじじい、もう一度言うてみい。神さんの悪口言うたら、承知せえへんで。わてが太鼓叩いて一心に祈ぅとるのは、おのれのためだけやない。家族のため、世のためや。一度、教会来てお話聞いてみいや。それを、虎柄パンツはいて悦に入って酒を飲んでるのやら、住之江や尼崎で負けて、しょんぼり帰る貧乏神と同じにするとは何事や、罰当たるで」

陽光社の古手の従業員達は、昼時になると二階に上がってきて、歌子の作ったみそ汁で、

持参した弁当をかき込む。もっとも、Xからの出向者の乃間誠は、ベニヤ部屋で、みそ汁なしでコンビニ弁当を食べるか、外に食べに出ていた。

陽光金属加工株式会社の株式は、X社が三分の一強を、残り三分の二を、社長とその弟で独身の専務が、折半で持っていた。鬼頭昭雄と同じ日に陽光社にやって来た乃間は、X社が出資比率三割以上の関連会社のピンからキリまで、全ての会社に求めている、X社基準の社内規則を、あっという間に作り上げた。乃間は、陽光社の実情に合おうが合うまいがお構いなしで、X社の規則をほぼ丸写しで、就業規則、個人データ保護規則、独禁法関連規則、贈賄防止関連などの規則を片っ端から作っていった。脇目も振らずに働いたのは、床は黒く油で汚れた三和土《たたき》で、屋根も壁もトタン張りで、夏は暑く、冬は寒い町工場から、一刻も早く快適な出向元のオフィスに帰りたいからだった。

一方で、その頃の新聞には、X社社員が引き起こした談合や横領、そして贈賄を隠蔽するための不正会計処理が報じられていた。不正が発覚すると、Xは社内規則をさらに厳しく改定し、関連会社にもそれを求めた。

もちろん、乃間は即座に社内規則を改定したが、それっきりだった。世間で言うところ

のＰＤＣＡサイクルのＰ（計画）だけの、やりっぱなしだった。用心深い乃間は、稟議書の回覧欄から自身の職位は外しておいた。さらに、主島とは顔を合わせたくないので、ベニヤ部屋の外へは極力出ないようにしていた。部屋にこもって、経済誌やＸの事業計画書などを精読して時間を潰していた。十人ほどの陽光社で、Ｄ（実行）、Ｃ（評価）、Ａ（改善）など、意味がないと思っていた。部屋の外へ出て主島とは顔を合わせたくないこともあり、折角自分で作った内部統制の規則に従った書類の稟議が行われようが、行われまいが気にしなかった。

# 四　虎の威

その乃間より約三ヶ月遅れで開発営業部長なる職名で送り込まれてきたのが五十過ぎの鮒端政一《ふなはしせいいち》だ。眼鏡をかけた外見は、乃間以上に食い倒れ人形に似ていた。

鮒端が出社した日、鬼頭昭雄は新たな人材紹介会社への登録のため、上京していた。当日の様子は、翌朝、庄司が教えてくれた。

初出社の鮒端が、朝、乃間に付き添われて多々良社長に挨拶すると、社長は受け取った名刺を、ろくに見もせずに作業服のポケットにねじ込んだ。そして、昭和天皇のような口調で答えた。

「あ、そう。ほなら、よろしく」

それっきり、鮒端に背を向け、工場の半分近くを占有する熱処理用の炉に向き合ってし

まった。所在なくキョロキョロする鮒端を、乃間が、元応接室だったベニヤで囲った部屋に案内した。そこには、以前、庄司が、鬼頭昭雄に言われ、近くの中古家具店で調達した鮒端用のスチール机が置かれていた。ほったらかしにされた鮒端は、部屋を抜け出し、炉の制御盤をにらむ多々良社長に、昼礼を開いてくれ、と頼んだ。

「ええけど、何すんねん」

「何すんねんて。私を紹介してもらわないと」

「え、そんなためかい。そんなことせえへんでも、十人ばかりの会社や。工場におれば、嫌でも顔合わせるから、そのうち、なじんでくるやろ」

「いや、けじめです。X社では人事異動があれば、必ず集会を開いて挨拶し、共有します」

「共有？　何を共有するか知らんけど、そないなまでに言わはるなら、勝手にやったらよろしいがな」

正午になると歌子が、工場にラジオを大音量で流す。それを合図に乃間と鮒端以外は仕事を止め、二階の倉庫を兼ねる食堂に上がり、コンパネ材の上に弁当を広げ、その前に歌子がみそ汁の入った大鍋を置くのを待ち受ける。そして部屋の片隅の、よくぞ今でもまだ

現役と感心するブラウン管テレビを見ながら、それぞれが持ってきた弁当を食べる。食後は、たばこを吸う者は階下の喫煙所に行き、居残った者は昼寝をしたり、将棋を指したりしながら、阪神をネタに雑談するのだ。

午後一時になると、歌子がテレビを消し、皆はゾロゾロと一階に降りる。歌子が階下に降りてきて、ラジオのスイッチを切る頃には、皆はもう仕事にのめり込んでいる。だがその日は、皆が降りてくると同時に背広姿の乃間誠が、出入り口のシャッター近くに立って、主島の顔色をうかがいながら、おそるおそる叫んだ。

「皆さん。昼礼を始めます。集まってください」

しかし、梶原以外は、皆、機械にとりついた。営業係の梶原は、午後の配送まで時間があったので、昼休みに熟読し、赤鉛筆で印をつけたスポーツ新聞の余計なページを、喫煙所のゴミ箱に破り捨てようとしたところだった。

「本日付で、X社から当社に、開発営業部長として出向された鮒端政一さんを紹介します」

乃間は、入り口の半分ほど上がったシャッターを背に立つ鮒端を紹介し、鮒端にスマホのカメラを向けた。

熱処理炉の背後の棚にずらりと並んでいる油まみれの専門書の一冊を読んでいた多々良社長は、ちらりと顔を上げたが、また本に目を戻した。弟の専務、それに主島、徳山、金田は、あからさまに無視を決め込んで、旋盤や中ぐり盤に向き合っていた。前日、甲子園で阪神が負けた相手が、巨人ではなくヤクルトだったので、何とか出社したものの、不機嫌だった。庄司は、社長と主島をうかがったが、二人とも機械に向き合っていたので、それにならって精密計測器で、仕上がり寸法の計測作業を続けた。背広を着た乃間と鮒端の前には、捨てようとしたスポーツ新聞の芸能欄をひらひらさせ、耳に赤鉛筆を挟んだ梶原だけが、逃げ出す機会を失って、中途半端に立っていた。

聴衆が梶原一人なので、鮒端はむくれたが、それでもみんなが仕事をしながら聞いていることを期待し、乃間が持つ録画中のスマホに向き直った。

「X社から出向してきた鮒端政一です。開発営業部長として、陽光金属加工株式会社の売り上げを飛躍的に伸ばし、それによって会社の規模を大きくし、工場の設備、職場環境が向上するよう、皆さんと一緒に頑張って参りたいと思います。よろしくお願いします」

型通りの挨拶したところへ、みそ汁の鍋とお玉を洗い終え、掃除のために二階から降り

てきた歌子が叫んだ。

「あれー。開発営業部長やて。なら、ヘロナミンの上司でっか。おい、梶原、かわいがってもらいや」

これには梶原も驚いた。営業係とは名ばかりで、陽光社の技量を見込んだ発注先との連絡係のような役目でしかなかった梶原だ。慌てて社長を見ると、知らぬ顔をして本を読み続けている。歌子の一言が辞令になって、梶原が鮒端の部下になってしまった。

これが、翌朝、安積庄司が鬼頭昭雄に教えた当日の出来事だったが、最後、庄司は首をひねり、鬼頭昭雄に尋ねた。

「わからへんのは、乃間ハンが、挨拶する鮒端ハンを、スマホで撮影してましたが、あれ何のためなんやろか」

鬼頭昭雄は、出張で日本に来た外人、あるいは鬼頭自身が海外出張した際は、仕事の証拠として、会議の風景や参加者を、写真撮影した経験があった。

「たぶんX社への報告にでも使うんやろ。証拠写真や」

鬼頭昭雄も出社した鮒端入社の翌日、昼休みの陽光社では、アルミの弁当箱を広げた徳

山のじいさんが、

「どいつもこいつも、X社から来るやつは、なんでみんな眼鏡かけてんのやろか」

と、みそ汁をよそう歌子の前でつぶやくと、歌子が応じた。

「そら、X社に入ろう思うたら、ええ大学卒業せなあかん。勉強、勉強や。それで目ぇ悪うなるんや。徳ヤンとこの、高校で彼女はらませたアホな孫とはちゃうわい」

「なにを、くそばばあ」

徳山がやり返したが、スポーツ新聞を読み終えた梶原が口を挟んだ。

「Xの取引先から聞いた話やけど、鮒端ハンは旧制帝大のK大出身や。けど、学部のこと言われると機嫌が悪うなるらしいで。なんでも、旧制帝大卒業とかの名だけ欲しくて、浪人して、入りやすい学部に入ったゆうことや。その学部、聞いておどろくな。とても鮒端ハンからは想像できへん。教育学部やて」

みそ汁の鍋を片付ける手を止めた歌子が、あきれたように梶原に言った。

「えらそうに、何言うてんねん。三流どころか、不良ばかり集まるぼけ高校出たあんたが偉そうに。旧制帝大なんて言葉も初めて知ったんやろ」

「なに、クソババア。ボケ高校とはなんた、ボケ高校とは」

主島が、箸を止めて怒鳴った。

「じゃかましい。飯がまずうなる。だまってろ。あの二人、阪神優勝したら、ケンタッキーの親父の代わりに道頓堀に放り込んだる。阪神優勝せんかい。それだけが楽しみや。でも、あいつら二人とも、きっと巨人ファンやで。乃間も好かんが、鯡端はそれ以上や。乃間は真面目なだけやけど、鯡端はわしらを見下しとる」

歌子は思い出し笑いをしながら応じた。

「乃間ハンは食い倒れ人形に似とるけど、鯡端ハンは、褌姿のキャラメル宣伝のおっさんやで。日の丸背景に『X社』と染め抜いた化粧廻ししたおっさんが、鯡端ハンや。化粧廻しして、四角い顔に眼鏡かけ、両手広げて、札束くわえた口からよだれ垂らして、ドスコイと押し出してきよる。道頓堀に寄った後、相撲番組見たせいやろうけど、お祈りの最中、体に不釣り合いな化粧廻ししたその姿が目に浮かんできて、思わず笑うてしもうた。そやから、神さんの罰が当たらんよう、お祈りをし直した。けどな、ヘロナミンの梶原は、鯡端ハンのおかげでええ目したんと違う。ねえ、鬼頭ハン」

と、梶原が配送前、舟券買うため姿を消したので、代わりに鬼頭昭雄に話を振ってきた。鬼頭昭雄は、コンビニで買ったサラダとのり弁を、歌子の作ったネギと油揚げのみそ汁で、流し込んでいた。主島は茶色の眼鏡を鬼頭昭雄の方に向けてきた。

「それほんまか、鬼頭ハン。ほんまだったら、ヘロナミンの梶原のアホも、道頓堀行きや」

歌子の言った意味がわからなかった鬼頭昭雄は、

「梶原ハンは、大丈夫や。鮒端が上司だから仕方なく従ってるだけやろ。それより、歌子ハン、もうちょっとみそ汁、薄味にせえへんか」

と、取りあえず梶原を弁護しておいた。主島の方は、ドスのきいた声で、

「おい、歌子。言うことをきいたらあかんで。汗かいてないから、働いてないから、体使うてないから、こんなん言わはるんや。味が濃い思うたら、そこの茶で割らんかい」

と話題がそれてくれた。

歌子の言った、「ヘロナミンの梶原は、鮒端ハンのおかげでええ目した」の意味がわかったのは、さらにその翌日だった。鬼頭昭雄が伝票数字をＰＣに入力していると、梶原がおずおずと近づいてきて、一張羅の背広の内ポケットから、領収書を取り出して、首をすく

めて言った。

「これ、鮒端ハンからや。交際費で処理してくれ、言うてはります」

鮒端は、初出社の日の晩、早速部下となった梶原を連れて、営業活動、接待と称して、エグゼ・クラブなる全国展開の会員制クラブへ出かけたのだ。領収書は、エグゼ・クラブの法人会員契約金と、鮒端、梶原、そして鮒端の古巣であるX社のたかり仲間二人の計四人で飲み食いした五十万近い金額が記されていた。

「なんや、これ。こんなん、鮒端につきかえさんかい」

「そんなこと、できまへんで。後ろにX社がついてるんでっせ。Xの機嫌損ねてもええんでっか。機嫌損ねてもええんなら、鬼頭ハンに相談なんかしまへん。主ヤンに頼んで、どついてもらいますわ」

「どつくのもええけど。その前に、おやじに相談しよう。主ヤンが、警察にしょっ引かれたら、ものができへんようになる。乃間が、スマホで証拠写真を撮るやろし」

多々良社長を呼んで、事情を聞くと、梶原は首をすくめて申し開きした。

「X社からの受注量拡大のため、新しい部署紹介してやる、言われてついてっただけや。

ああ、バニーガールいたで。でもな、網タイツにむらむらして、太ももさわったら、はねのけられた。あんなん、生殺しや。雄琴や福原にでも行きゃあ、同じ格好したのに会えるで。雄琴、福原なら最後までいける。あんなとこで、金使うぐらいなら、福原の方がましや」

梶原は、強がりを言った。鬼頭昭雄は、一張羅の背広を着た梶原が、網タイツのバニーガールの前でよだれを流している光景を想像した。

多々良社長は、厳しい表情のままだった。

「で、X社からは誰が来てたんや。いつもの購買の亀ちゃんか」

「わしも亀ちゃんが来ると思うとったが、知らんやつらや。こいつらや」

見せた名刺二枚の所属先は、X社の東京本社人事部と関西支社営業部で、陽光社が直接取引する工場ではなかった。

「なんや、こいつら。ほんまに仕事につながるんか。で、どんな話をしたんや」

「鮒端ハンと関西支社へ挨拶に行く日を決めて、それで終わりや」

「で、後はバニーガールと一緒に飲み食いしたわけやな」

「わて、鮒端ハンかX社のおごりや、とばかり思うてましたわ。そやから、遠慮なく飲み

食いしました。どないしましょ。まさか、ここにつけ回すとは思いもよりまへんでした」

「工場にそんな金ないで。そんな金あるぐらいなら、ボーナスや。おい、梶、鮒端を呼んでこい」

梶原は、目をむいて何か言いたげだったが、渋々出向者二人を押し込んであるベニヤ部屋に向かった。社長は鬼頭昭雄に拝むようにして頼んだ。

「鬼頭ハン、ここはお願いしまっせ。あんたの方が、弁が立つ。わし、ああいう鮒端みたいなんは、顔を見ただけでむかついてくる。主ヤンと同じで、口より先に手ぇが出そうで」

髪を七三に分け、ゴルフ焼けした縦長の四角い顔に眼鏡をかけ、小ずるそうだがどこか間が抜けている鮒端が、悪びれもせずに、トコトコやってきた。一瞬、鬼頭昭雄は歌子が祈りの最中に見たという、道頓堀の大きな看板から飛び出した鮒端の姿を思い出した。眼鏡をかけ、体には不相応に大きいX社の化粧廻しをした男が、札束くわえてよだれを流し、両手を広げて押し出してくる姿だ。

鬼頭昭雄は、努めて興奮しないよう声を抑え、言った。

「鮒端ハン。これ、あきまへん。払えまへん。こんな金あったら、みんなのボーナスにま

わす、と社長も言うてます」

「払えませんて、今更そんな。X社の受注をつなぎ止めるためです」

鬼頭昭雄は、「X社みたいな疫病神とは、付き合わん方がええ」と言いかけたが、兵糧攻めで資金繰りに窮するかも、と思い直した。

「内輪での飲み食いとしか思えまへん」

「X社では当たり前、普通のことです」

「搾り取る下請けを、ぎょうさん抱えてるXハンとは違います。そうや、乃間ハンが作った内部統制規則に違反してまっせ。交際費使うときの事前伺、ありますか。鮒端ハンの上司は社長や。社長、承認しましたか」

多々良社長は首を振った。

「なら、あきまへんな。受け付けられまへん」

鮒端は眼鏡越しに目をむいた。しばらくは言葉に詰まっていたが、憎々しげに反論した。

「あんた、パートだろ。会社の規則は社外秘で、無断で見てはならない。規則違反だ」

間髪入れずに、社長が宣言した。

「わしが許可した。鬼頭ハンはパートやない。十五日付で総務営業部長兼経理部長や。開発営業部長のあんたと同格や。親戚の紹介で、役員になってもらうつもりで、入社してもろうたんや」

鬼頭昭雄は驚いたが、鮒端の前なので黙っていた。鮒端は、眼鏡越しに上目遣いで鬼頭昭雄をにらんだ後、社長に言い捨てた。

「X社を大事にしないと。会社潰したくなければ」

そして、ベニヤで囲った自分達の部屋に向かった。

鬼頭昭雄は、

「社長、あきまへんで。私を総務営業部長兼経理部長なんて。総務や営業はともかく、経理実務は初めてです。そりゃ、前の会社では取締役として経理資料は確認してましたが、作成作業はしてまへん」

「そう言わんと助けてくれや。前に経理を担当しとったみさ枝なんか、何の資格も持ってへんかった。困ったら、千成会計の税理士に相談したらええ。あんたが頼りや。もともと三木不動産の親父には、そのつもりで働いてくれるように頼んどいたんや。これまでの罪

滅ぼしに、人のためになることも、せなあかんでぇ。どうせ暇でっしゃろ。X社のあの二人厄介払いして、あっこに頼らんでも会社やってけるようにしてくれまへんか。そしたら、ボーナスも退職金もはずむさかい」

そこへいつの間にか姿を消していた梶原が戻ってきた。

「荒れてまんがな。鮒端ハンが乃間ハンを怒鳴っているのが、ベニヤ板越しに聞こえましたで。『こんな社食も応接室もない町工場を、何で規則漬けにするんだ。小回りがきいてこそなのに』てなことを」

報告した後、梶原は社長に頼み込んだ。

「わしも、あの眼鏡褌男の間抜け面の下で働くのは耐えられまへん。わしも営業やから、鬼頭ハンの下で働かせてもらえるんでんな」

「そうしよう」

と、言った社長を遮った鬼頭昭雄は、

「あかん。梶原ハンは、鮒端の下で働いてもらう」

「え、なんでえ」

梶原は目をむいた。しかし鬼頭昭雄は、ささやいた。

「梶原ハンは陽光社好きやろ。なら鮒端の下で働いて、何をしてるか探るんや」

「わしにスパイになれ、言いますのか」

「心苦しいやろが、横領や背任行為、下請法違反があったら教えるんや。あいつを追い出し、X社の横暴をあばく切っ掛けにするんや」

「いや、心苦しいなんてことあらへん。ええやないか。ミッション・インポシブル、敵中に潜入したスパイや。そういうの、いっぺんやってみたかったんや。眼鏡褌男の鼻明かしたる。まくりざしや」

「なんや、その『まくりざし』いうのは」

「ボートレースや。外側の四コースから思いっきり加速して発進したボートが、一周目の第一ターンのマークで先行するボートをいくつもまくり、さらにその次に先頭のボートを差して、その後も抜かれずにレースに勝つことや。これに賭けて当たったときの気持ちのええこと。鮒端をだし抜いたら、あれよりええ気分になれるやろな」

両手の甲をボートに見立てて長々と説明した後、真顔で尋ねた。

「ところで下請法なんて洒落たもん、わし、よう知りまへん。後で教えてくれまへんか」

下請法に関する社内規則と解説パワーポイントも、律儀な乃間が作っていたが、こんなふうに役に立つのかと、鬼頭昭雄はおかしかった。

陽光社で働くようになってから、鬼頭昭雄は大阪の実家で過ごす日が多くなったが、横浜に戻ると、やはりスポーツ・クラブに行くしかなかった。腰掛け気分ではあったが、陽光社で働くようになってからは、寝たきり防止のために来ているような老人達を、余裕を持って見られるようになった。愛人であり、金を貸している江崎久美が、東京のファッション・ヘルス店の経営監督のため上京したときは、ホテルに一緒に泊まり、スポーツ・クラブでの鍛錬の成果を確認した。ソープの経営が軌道に乗り、また鬼頭昭雄も職を得たので、しばらく前から江崎久美は、鬼頭昭雄を受け入れるようになっていた。体を重ねた後は、窓から夜景を見ながらウイスキーを飲み、彼女の話す業界の裏話、女達や客の珍談、奇談を楽しんだ。珍談、奇談とともに、彼女の店には子持ちの女性が多く、またできるだけそんな女性を雇うようにしているとの話も聞かされた。そんな女性の方が無断欠勤もなく、

確実な人生設計を描き、子供の教育に熱心だというのだ。この人の息子は医大生、この人の娘はアメリカ留学中と、店のホームページに掲載された写真を使い、我がことのように自慢した。鬼頭昭雄は、息子の健一と引き比べ、羨ましかった。

一方、房総の耕作放棄地を開墾するため、横浜を留守にすることが多くなり、以前にも増して話がかみ合わなくなったのが野口宏だ。江崎久美と会った翌日、久しぶりに横浜に戻っていた野口宏とテニスを共にし、その後、街の中華食堂で、夕食かたがた一緒に酒を飲んだ。野良作業で日に焼け、皺《しわ》も多くなった野口だが、たくましくなった外見とは裏腹に、ぼそぼそと、

「夜、ふと、過去のことを思い出す。何であんなことをしたのかと自責の念だ。会社勤めの頃だけでなく学生時代のこともだ。いかに考えが及ばなかったか、そして自分本位だったか、思い返すと、悔やまれる。悔やむとともに、恥ずかしい。会社員時代には自慢したことが、取るに足らないことに思える。取るに足りないどころか、自己嫌悪に陥る」

食堂の片隅のテレビでは、報道番組が流れていた。司会者とともに、学生や二十代、三十代の若者がコメントをしていた。その時間帯、他に興味を引かれる番組がなかったの

で、現役時代の鬼頭昭雄は、時々、それを視聴し、発言内容に共感することもあった。しかし六十半ばとなった鬼頭昭雄には、年少のコメンテーターの発言は稚拙だった。過去を誇る鬼頭昭雄には、ひ弱に見え、発言内容は月並みで、きれい事を並べているだけに聞こえた。だが、野口宏は違った。

「歳を取り、社会を外から見ているからこその思いだけど、昔の俺達に比べれば、今の若い連中の方がよほど今を真剣に生きている」

しかし、鬼頭昭雄が、部活で弱音を吐く下級生に対するような顔をしたので、野口は話題をそらし、

「俺にとって、農作業の良いところは、無心になれること。でも、感心するよ。鬼頭さんのそのエネルギッシュな生き方は。いつまでも走り続け、泳ぎ続け、あくまで社会に関わろうとする姿勢を」

と、笑顔を作ったが、鬼頭昭雄には、皮肉に聞こえた。

鯛端が陽光社に入社直後には、無愛想で挨拶を返さなかった徳山や金田でさえ、夏を過ぎる頃には、声をかければぶっきらぼうに「鬼頭ハン、なんや」と返事するようになった。

阪神が負けさえしなければだが。

梶原は、ことある毎に鮒端の行動を鬼頭に報告した。鮒端が誰と会食したか、その中には取引先の銀行担当者から、新規開拓と称する訳のわからない会社まであった。交際費は、どう折り合いをつけているのか、Xから支給してもらっているようだった。それでもいまだ、鬼頭昭雄には陽光社に骨を埋めるまでの決心はつかないでいた。

陽光社で働き始めた頃に登録した人材紹介会社からは、いくつかの紹介案件があったが、金に困っていない鬼頭昭雄にとっては、今更というものばかりだった。唯一興味を引いたのはソフトウエア・システムのプロジェクトだった。海外案件で、海外出張できそうなのが魅力だった。

大阪特有のこもるような蒸し暑さの夏も終わり、下町の通りを照らす夕暮れに秋の気配を感じるようになった頃、鬼頭昭雄は、月に一度上京する江崎久美の日程に合わせて上京し、土曜から火曜の夜を一緒に過ごした。

上京前の金曜、鬼頭昭雄は多々良社長に、「東京で所用があるので週明けの月曜、火曜は休みたい、溜まった仕事は水曜に残業して片付ける」と話すと、社長は、「まあ、仕方

ありまへんな」と渋々返事をしたものの、X社の品証部が設備の確認点検のため乗り込んでくる、との話をし、助けを求めるような顔をした。Xとの基本契約書には、納入製品の品質管理のため、発注元であるX社による設備点検を受けることが規定されていた。規定はあったが、これまで実施されたことはなかった。それなのに突然鮒端から、その条項に基づいて、週明けの月曜日に、X社の品質保証部がやってくることを伝えられたというのだ。江崎久美との逢い引きのことしか考えていなかった鬼頭昭雄は、多々良社長の懇願するような表情からは目をそらし、上の空でそれを聞き流した。

東京にいる間、スマホに、何度か電話が入ったが無視した。そして、大阪に戻り、水曜の朝に出社すると、陽光社は騒然としていた。鬼頭昭雄が目にしたのは、熱処理炉の前で見慣れないパリッとした作業服を着た二人の男と話し込んでいる多々良社長だった。専務、主島、徳山、金田そして庄司といった連中は、それぞれ旋盤などの工作機械に向き合いながらも、心ここにあらずといった感じで、多々良社長の方を盗み見ていた。

休んだため、ばつが悪い鬼頭昭雄は、皆の視線の中に入りづらく、喫煙場所の、灰皿代わりの一斗缶の脇にぼーっと突っ立っている梶原に近づいた。

「なんや、何があった」

「あれ、鬼頭ハン。何があったって、そんな言い草あらへん。わし、社長に言われて何度も電話したのに」

骸骨顔の梶原が、鬼頭にかみつきそうな顔をした。

「ごめん、それどころやなかったんや」

言い訳も、後ろめたい鬼頭昭雄だった。

「壊れてしもうたんや。炉が。月曜にXの品証部が来た後や」

鬼頭昭雄は、多々良社長のそばに駆け寄った。社長は、一瞥しただけで、糊の効いた作業着を着た男二人に向き直って、

「しゃあない、お願いします。いくら金がかかっても、直さんことには始まらん」

言った後、紙切れを鬼頭に押しつけ、

「処理しといてや。期日までに振り込んどいてや」

言い残し、鬼頭や職工達から隠れるように、熱処理炉の後ろに回り込んだ。

社長が押しつけたのは、真空熱処理炉の修理の見積書だった。そこに書かれたゼロが七

つ並ぶ金額と修理後三十日以内という支払い条件に目を見張った。

熱処理炉の陰に隠れた多々良社長を追った鬼頭昭雄に、多々良社長は素っ気なかった。

「社長、休んどって、すんまへん。けど、これあきまへん。資金ショートや」

「銀行かXから金借りる。それも駄目なら廃業や」

多々良社長は投げやりだった。

「壊れたんは、Xの品証部がいじったからなんと違いますか」

「証拠があらへん。昨日の朝は、動いた。ちょっとだけやったけど」

鬼頭が熱処理炉の陰から出てくると、職工達は冷たい目で一瞥した。鬼頭はPCに向かい、入出金の金の流れを確認しようとした。そこへ、ヘロナミンの梶原が、耳に赤鉛筆挟んだまま書類を持ってやってきた。

「鬼頭ハン、これなんか変な気がする。まあええかな、とも思うし、なんや変な気もする。頭、こんがらがってきた。昔聞いた落語の『時うどん』に似てるような、似てへんような」

梶原の上司の鮒端は、X社の関西支社に出かけて留守だった。書類は二つあり、一つはX社からの新たな契約書、もう一つは、これまで取引のなかった上方精密との契約書だっ

た。梶原は、説明した。

「おとといや。Xの品証部が来ている最中や。上方精密の鈴木ゆうのんから、電話があって、鮒端ハンの紹介で、うちに発注したいもんがあるんで、すぐに来てくれ、言うてきましてん。行って、話を聞くと、『鮒端ハンの紹介』とか『鮒端ハンのおかげ』ゆうのをさんざん聞かされた挙げ句に、うちがX社の摂津工場に納めてるもんと全く同じもんを入れてくれ、言いますねん。同じもんいうのには、ちょっと引っかかりました。乃間ハンのコンプライアンス教育とやらのおかげで、わしも少しはかしこうなりましてん。工業所有権ゆうもんに、ひっかかるんやないかと」

鬼頭昭雄は、名門高校からT大を卒業した乃間が、熱処理用の炉からできるだけ離れたシャッター近くで、折りたたみ椅子に腰掛けた梶原と歌子、それに鬼頭昭雄の三人を相手に、汗をかき、口から唾を飛ばして熱弁を振るったコンプライアンス講習会を思い出した。鮒端がやってくる前だった。赤鉛筆を耳に挟んだままの梶原は、競艇の結果が気になって、そわそわしていたし、歌子は前夜、太鼓を叩いてのお祈りに消耗したのか、船をこいでいた。独禁法のときと同じく、規則周知のための講習会を開いた乃間だったが、職工達は、

鼻で笑って参加しなかった。もちろん、熱弁を振るう乃間自身の姿は、中国人相手の土産物屋で買ってきた、三脚付きの自撮り棒で、スマホに録画をしていた。

梶原は続けた。

「なんや、まずいんとちゃうか、とは思いましたんで、取りあえず上方精密の鈴木に、『いくらで買うてくれるんや』と聞きました。すると、X社に入れるのより安い値段を答えましてん。そんで、『そりゃ、あきまへん。もうけがあらへん。そんなんなら親父に叱られます』、そう言うと、『同じもんいうても、最終の製品検査はせんでええい』とこう言いまんねん。上方精密の鈴木が言うには、ウチで作ったものを一度上方精密が買い上げ、上方精密にいる航空機工場なんたらかんたらいう資格を持った検査員が製品検査して成績書を付ける。その成績書が付いたものを、またウチが買い戻し、それをこん包してX社に売る。X社の購買部にも鮒端ハンが話をつけていて、上方精密の成績書が付いていれば、そのまま納入できる。こう言うんですわ」

「それで、どうした」

「帰ってから、鮒端ハンに報告して、『どないしましょか』と尋ねると、鮒端ハンは、『こ

れから、X社へは、上方精密の成績書がないと納入できなくなる。上方精密には航空機工場なんたらかんたらの資格を持ってる奴がいる』と、こう言いますねん」

「それから」

「わしは言いました。『それどういうことでっか。うちの納入前の製品検査が、信用おけんゆうことでっか』と」

「鮒端はなんて言うた」

「鮒端ハンは、『まあ、そういうことだ。品証部の規定で有資格者の検査したものしか受け入れられんことになった。でもな、良いこともある。売り上げが増える』こう言わはりましたが、わしがぽかんとしとると、『例えばや。今まで仮に百万でX社に納入していたもんを、上方精密に九十万で売る。上方精密で面倒な検査をしてもらった後、九十五万で引き取る。それをこん包して上方精密の検査成績書付けて百万でX社に売る。売り上げの合計は、百九十万。差し引き九十万の売り上げ増だ。営業の手柄だ。この契約書に判を押したら、即、両方から発注書が来て、前金も入る』とこう言いまんねん。なんや、だまされた気ィもするし、これなんの意味があるんでっか」

「出向先の売り上げが増え、Xの関連会社である上方精密に恩義を売れば、二重にやつの手柄になる。それにうがった想像をすれば、上方精密の取り分の製品検査と成績書作成費用としている五パーセントのいくらかを、上方精密の交際費として処理させて、鮒端やその仲間で飲み食いしたり、ゴルフに行ったりするのに使うのかも。でもな、あいつらのことやから、X社でうちの納入品に不具合を見つけたときは、責任を追及してくる。賠償とまでいかないまでも、それを理由にうちにもっと人を送り込んで、支配力を強める。リストラの受け皿にもできる。それがX社のやり口だ」

「そらひどい話や。精密計測器や硬度計はX社の要求で買うたんでっせ。宝の持ち腐れや。その上、庄ヤンの成績書作りの仕事を取り上げて、その分でゴルフでっか。おまけに、上方精密の検査不良の後始末で、鮒端みたいなのが、のさばるんでっか。頭にくる」

「おやっさんに報告したか」

「まだです。炉の故障でおやっさん、目の色が変わってて、よう近づけんかった。故障したのはXの品証部のド素人どもがいじったせいや。そんなときにこの話をおやっさんにしたら血圧上がって、あの世に行きそうや。そやから、先に鬼頭ハンに相談することにした

んや」

「わかった。俺から社長に説明する。俺に話したこと、鮒端や乃間に言うたらあかん」

「わかってます。スパイ大作戦。ミッション・インポシブルでっしゃろ」

梶原は、熱処理炉の故障など忘れたかのように一張羅の紺の背広をひらひらさせ、得意先回りの帰り、昼休みを利用して舟券を買うため、飛び出していった。

鬼頭昭雄は、梶原の持ってきたX社からの契約書に目を通した。そこに「航空機工場検査員が在籍する上方精密株式会社」という文言を確認し、発注書を机の脇に放り投げ、PCに向き合った。陽光社の現金の残高や数ヶ月先までの収支を確認した。X社向けの売り上げが半分以上を占めていた。もともと陽光社は、特殊切削工具の会社だった。それが、次第にX社、そしてX社の紹介で取引を始めたY重工向けとで、売り上げの七割以上を占めるようになってしまった。特に鮒端がやってきてからのここ二ヶ月は、X社向けばかりだった。人員不足から、特殊工具の生産には、手がまわっていなかった。鮒端が来てからのX社からの受注量は、棚残削減、JITを標ぼうしているX社らしからぬ多さということに改めて気付いた。X社は在庫を積み増していると思えた。X社向けは全て仕掛かり中

であり、支払い条件は下請法ギリギリ、受領後六十日の手形だった。

「こら、あかん」

鬼頭昭雄は漫然と仕事をしていたことを悔いた。熱処理炉の裏の自席に腰掛けて、壁を見つめている多々良社長の所まで歩いた。

「ちょっと相談したいことあります。時間ありますか。専務も一緒の方がええ」

多々良社長はため息をついて、

「疲れた。もう何もしとうない。飲みたいよ」

「なら、今晩、専務も誘って。梶原ハンにも後から来るよう、携帯で連絡しときます」

「まあ、ええけど、専務はあかん。専務は主ヤン達と『虎喜痴』で、昨日の横浜戦の勝ち祝いとクライマックス出場祈願や」

そして、

「久しぶりに行くか。あっこに」

夕刻、多々良社長が案内したのは、工場から二十分ほど歩いた川の土手べりにある、昔の農家の建物を使った、「おおしお」と看板をかかげた居酒屋だった。川の土手には大き

な満月がかかっていた。まだ早いので、和服姿の老人が一人、かつての民家の台所だった厨房と客席とを仕切るカウンターで飲んでいるきりだった。店の奥で使用人らしき男を指図していた着物の女が、多々良社長に気がつくと、何とも表現できない嬉しげな表情で、ほほ笑んだ。でこぼこの三和土の土間を最奥のテーブル席に向かいながら、多々良社長は鬼頭昭雄に、

「何にしますか。焼酎でええですか」

鬼頭昭雄がうなずくと、和服の女と向き合っていた前垂れ姿の若い男が来た。

「飲みもんはいつもの。さかなは適当に持ってきてや。いちいち注文するんは、面倒や」

お湯の入った小さなやかんと、奄美の黒砂糖の文字が躍る焼酎の一升瓶が、ドンと置かれた。多々良社長は、二人分のコップに、焼酎のお湯割りを作った。

鬼頭昭雄が、先ず漫然と仕事をしていたことを謝り、資金繰りの話をしようとすると、多々良社長はそれを遮った。

「後から梶が来るんやろ。そやから、先にわしの話からや。Xから株主総会を開け、うるそう言うてきてな。仕方ないから開くことにした。なんやかんやと引き延ばして来年の六

月や。そんでな、そんとき、乃間、それに加えて鮒端を取締役にせえ、とも言うてきたんや。そんなもん、突っ張るつもりやったけど、炉が壊れたときは、もうあかん、言うこときいたろ。もう先長くないし、廃業するよりましや。そう思った。でもな、なんか無性に腹立ってきた。Xにや。何十年も頑張ってきたわしの意地や」

改めて鬼頭昭雄に向き直った。

「その意地に付きおうてくれ。あんたに取締役になって欲しい。不動産屋の三木のおっさんからも、役員で、ということは聞いとるやろ。わしと弟の専務だけで、あいつらに立ち向かうのは、荷が重い。ここは、鬼頭ハンに、是非にお願いしたい。どうせ暇でっしゃろ。近頃はやりのボランティアのつもりで、わしの意地に付きおうてくれ。お願いしますわ」

「社長、まず謝ります。X品証部の検査のとき、おらんかったこと。それ以上に漫然と、納期の長い梶原の持ってくるXからの発注書を受け取っていたことを。こんところの受注状況、おかしい。Xのもんばかりや。トヨタのＪＩＴ、カンバン方式以上に棚残削減活動をしとるXにしたら、おかしい。在庫の積み増しとしか思えない。その上、支払い条件は、六十日の手形払いや。Xからの受注品は、できあがるまで三ヶ月以上かかる。土佐島製作

や天下茶屋鉄工なんてとこからの代金などたかが知れている。そこへ持ってきて、熱処理炉の修理費だ。こんなにかかるとは。このままいくと、資金ショートや。在庫を積み増したXは、兵糧攻めをする。以前の得意先からの注文は、なくなっている。銀行から金を借りるしかない」

「梶原のどアホが、競艇のことばかり考えて、ろくに得意先まわらんと、座っててもやってくるXからの受注ばかり、受けるからや。いや、あんたとともに盲判を押していた俺も悪かった。みさ枝が生きていれば」

経理を含む事務処理一切を仕切っていた社長夫人のみさ枝の名前は、鬼頭昭雄にとっては、遠回しの叱責、嫌味のように聞こえた。

そこへ上機嫌の梶原がひょこひょこと店に入って、女主人に、

「やー、久しぶり。これとっといてや」

と、言い放ち、カウンターに魚らしき物が入った籠を置き、奥のテーブル席にやってきた。既にどこかで引っかけてきたのだろう、上機嫌だった。

「やっぱ、梅田より住之江で買うた方がツキがええ。わしにはキタよりミナミや。大勝ち

や。徳山（競艇場）でまくりざしが出た。前から、目ェーつけてた選手や。次の日曜は尼崎で開催や。今日の金を元手にさらに稼いだる。それで新開地へでも繰り出すか。新開地も昔と違って、ええ感じになってますで。なんなら福原へ寄ってもええ。鬼頭ハン、一緒にどうでっか」

「それより上方精密からの契約書と、Xとの契約書の納入条件変更を、社長にも話さんかい」

最初は、じっと梶原の話を聞いていた多々良社長だが、話が進むほど、酒に酔った顔が、さらに赤くなった。

「もともと、あの計測器は、Xの要求で導入したもんや。それを、上方精密にさせるとは」

梶原が心配したように、血圧が上がっているようだった。梶原は、来たときとは打って変わって、首をすくめた。

「どないしましょ。断りましょか」

「当たり前だ」

と、多々良社長。続いて鬼頭昭雄がつぶやいた。

「循環取引みたいなもんや」

「なんでっか。その循環取引ゆうのは」

梶原が問うたが、鬼頭昭雄は多々良社長に、

「まずは断って、鮒端がどう反応するか、見てみますか」

「断るのは、鬼頭ハン。お願いしまっせ。あいつの眼鏡かけた馬面を見ただけで、どつきまわしたくなる。もし、そんなことになったら、しょっ引かれてわしも会社もおしまいや」

「一方で、資金繰りも考えておかんと」

鬼頭昭雄は、この先の現金収支の見通しを、多々良社長に再度詳しく説明した。

「X向けは手間がかかりすぎる。Xは、納期、品質とも、他社向けより優先することを求める。それに一品ごとに仕様が異なり、工期が長すぎる。前金なしの納入後六十日の手形払い。納期前の仕掛かりが多くて、炉の修理費を考えると、融資を受けないと賞与どころか給与も払えない」

「おい梶。競艇に勝った、と浮かれているときか。おまえが昔の、ややこしいこと言う得意先から逃げてるからや」

社長は下を向いている梶原を怒鳴りつけた。鬼頭昭雄は、

「普通なら、Xからの発注書あれば、堂島銀行から金を借りられるけれど、Xが堂島銀行に手をまわして、融資条件をつり上げるかも。気になるのは、鮒端が堂島銀行の担当者、池野とかとよく飲み歩いていること。そうやな、梶原ハン」

「池野ちゃいます。池本です」

多々良社長は、

「そういや、こないだXの関連会社部の担当者が来て、『株主総会開け。乃間と鮒端を取締役にしろ』と言うた後、『Xの関連会社は、Xの財務部から、プライムレートより低い利子で、融資を受けられるので、困ったときには活用しろ』と言うてた。これも怪しいな」

「そら、あかん。陽光社を、Xの思い通りにさせないためには、受けたらあかんと思います。それから、鮒端の取締役就任は断らんと。乃間ならまだしも、鮒端に会社の内情、特に財務状況を知らせるべきではない。まだ乃間は、あの通りの馬鹿真面目やから、利益相反、守秘義務なんかを、まともに考える。まともすぎて融通が利かないから、Xから追い出されたようなもんですから」

鬼頭昭雄は、梶原がもじもじしているのに気がついた。

「梶原ハン、なんや。なんか、言いたいことでもあるんか」

「あの、すんまへん。鮒端に言われて、みさ枝ハンが、千成会計とやり取りしていたファイルを、探して見せてしまいました」

多々良社長の顔は真っ赤になった。梶原は震え上がった。

「あいつに見せて、その日のうちに返しときました」

「それ、いつや」

「鮒端が来て初めての日です」

「御褒美がバニーガールか」

「滅相もない。鮒端がここまでひどいやつやと知る前なんで、勘弁を」

鬼頭昭雄は、Xの資本が入る前、身内だけの会社だった頃からの書類管理を、鮒端が来たというのに改めようとしなかった責任を感じた。

「社長、陽光社に顧問弁護士いますか」

「顧問弁護士、そんなもん、おるわけないやろ。けど、けがの功名。循環取引の疑いで、鮒端の取締役就任を断る理由ができた」

鬼頭昭雄は、

「でも、航空機工場検査員による検査の必要性を言い立てるでしょうな」

と言った後、多々良社長を正面から見据えた。

「私が偉そうにこんなこと言うのはなんですが、Xに株売ったのはまずかったですね。まあ、そら、奥さんの相続税対策で仕方なかったんやろけど。でも、私が取締役になったとしても、この先、会社どうするつもりですか。息子さんに譲るとか」

「息子は、跡を継がん。あいつは、大学で講師しとる。考古学や。まあ、あいつが将来困らんように、家内の持ってた土地やアパートを相続させた。そのため金が必要やった。それで、高値をつけてきたXに家内名義の分を売った」

「で、陽光社はどうするつもりですか」

「だから、あんたに頼もう思うとるんや。弟の専務は一人もんやし、その上専務とは名ばかりで、阪神にのめりこんどる。まあ、旋盤の腕は最高やけどな。梶原は、この通りの競艇狂いやし、第一わしや主ヤンより、ちょっとだけ年下でしかない。若いのは庄ヤンだけや」

「庄ヤンだけや、あかんのと違いますか。もっとぎょうさん若い人を入れな」

「そないなことわかっとる。そやかて、求人出しても人が集まらん。今時、こういう仕事は、はやらん。人気がない。ましてや、働いているのは年寄りばかりで、話の合う同じ世代のもんがおらん。そんなこんなで、会社としての先行きに、見通しが立たん。だから余計に輪をかけて、若いもんが寄りつかなくなる。その悪循環や。その上、株主になったXからは、固定費、人件費が多すぎると、偉そうに口出ししてきよる。乃間や鮒端のような、自分とこでは使い物にならん半端もんを、押しつけておいてや」

「けど、社長、資金繰りはともかく、ほんま陽光社どうする気ですか。このままでは、いまいる中の誰かが倒れたらおしまい。若返りしないと消滅するしかない」

多々良社長はむっとして言い返した。

「そないなこと、言われんでも、わかっとるわい。そんなん言われると、『やったるでぇー』いう意地が折れてまう。若いもんがけえへんから、仕方ないやろ。今いる連中が働ける間、なんとかもてばええ、とも思う。庄ヤン以外は、年金もらえるやろ。梶も、もうしばらく我慢したらもらえる歳や。気の毒なのは庄ヤンやけど、庄ヤンのためには、Xに面倒みてもらうんもええかも」

一度は腰掛け気分を改め、やる気を起こした鬼頭昭雄だが、がっかりした。自身のことが話題にならなかったからだ。自らは、いまだ若く、将来のある男のつもりでいても、多々良社長にとっては、社長自身や主島達と同じく、いつ終わってもかまわない人間なのだ。社長に意地があろうがなかろうが、先行きの暗い会社を自分に押しつけようとしている、としか思えなくなった。鬼頭昭雄は、飲み屋に来る前は断るつもりでいた、人材紹介会社から勧められた外資系会社への面接のため、次の日には上京しようと思い直した。

一晩大阪に泊まっただけで横浜にとんぼ返りした鬼頭昭雄は、行きつけの理髪店に行き、翌日の面接に備えた。

面接場所は、東京駅前、大手町の高層ビルだった。ノーネクタイに背広の男性社員二人、それにパンツ・スーツの女性一人と相対した。三人とも鬼頭昭雄には四十前に見えたが、態度は年齢以上だった。顔つきはモンゴロイドのそれだが、名刺に漢字はなかった。男性二人はほとんどしゃべらず、Project Manager Naomi Akiの名刺の、黒パンツスタイルの女が会話をリードした。名刺交換の際には、そのくっきりした顔立ちとすらりと

した容姿に魅力を感じた。男性二人の名刺もアルファベットのみだった。一人はHuman Resources　Di Shangとあり、もう一人はMarketing Manager　Ken Kroeとあった。

会社は、外資系といっても、シンガポールが拠点のシステム開発会社だった。女が説明するプロジェクトは、日本国内向けの、化粧品ネット販売のシステム作りだった。発注元は、中国企業がイタリアに設立した会社だった。顔認識とＡＩを利用し、これまで化粧品販売員が、対面で行っていた、個々の顧客の年齢や顔の状態に合わせた化粧品の選別、そしてメイクアップ法の指導を、パソコンやスマホを介してＡＩで行う、という触れ込みのシステムだった。女が、鬼頭昭雄に説明するパワーポイントの資料は、発注元であるイタリアの化粧品会社向けプレゼン資料の流用らしかった。

女は、ＡＩ、ディープ・ラーニング、ＣＴＩ、ＳＥＯ等という単語を、のべつ口にした。ＣＴＩとは、電話とコンピュータをつなげる技術で、客のかけてきた電話番号を自動的に記録し、顧客管理に使う技術。ＳＥＯとは、ネットで検索をかけたとき、出現頻度を高くする技術。それぐらいの知識は鬼頭昭雄にもあった。

女はまくし立てた。データこそ市場制覇の最大の武器だ。データ収集とディープ・ラー

ニングを行いながら、顔認識と音声認識による対話で、使いやすくする。若い人は、多少のことがあっても当然使いこなせる。それまで、ＰＣやスマホに縁遠かった年配女性にも、自分がＩＴ機器の達人になったかのように、錯覚させるシステムにすることも狙いの一つ。それにより、同世代に対して優越感を抱かせ、その自慢話から仲間を増やし、顧客の拡大につなげる。スマホで撮った写真が、自動的にアルバム編集されるのを孫に見せ、コンピュータおばあちゃん、などとおだてられ、うれしがっている例を引き合いに出したりもした。

冗舌で専門用語は多いものの、論理のつながりが鬼頭昭雄には理解できず、新興宗教の教祖の演説のように聞こえた。名刺交換のときの魅力はうせ、目尻のしわが気になった。

さらに女は、クリティカル・パス、クラッシング、スコープ・クリープ等のプロジェクト管理の用語をまくし立てたが、それは、発注元の過大な要求を拒みきれない契約仕様書の曖昧な規定、さらにかき集めた派遣社員や下請けの能力不足による工程遅延へのごまかし、弁解に聞こえた。

高層ビルの応接室の大きな窓から、十月の太陽に照らされて輝く、赤れんがの東京駅と駅前広場が見えた。まくし立てる女を尻目に、男二人が顔を見合わせた。鬼頭昭雄は陽光

社の昼休み、開け放たれたシャッターから差し込む光、そしてそれと対照的な暗さの工作機械が並ぶ陽光社を思い浮かべながら、女に嫌みを言った。

「つまり、プロジェクト崩れの立て直しですか」

しばらく鬼頭昭雄を見つめ返してから、女はつぶやくように言った。

「まあ、そういう見方もありますね。もちろん、あなた一人にお願いするつもりは、ありません。サポート・チームの中で、それなりの権限で働いていただくことになります。そこで能力を試して、正社員として採用となります。それまでは嘱託です」

女の長話を、うんざりした表情で聞いていた、Human Resources の Di Shang、と名刺にあった男が、会話に割って入った。

「で、働けるとしたら、いつから来ていただけますか」

インドネーションのおかしい日本語だった。女が、

「一度、チームに入って、現状を確認していただいた後、カスタマー説明で、イタリアへ行っていただくことになります。もちろんビジネス・クラスです」

と、餌をまいてきた。もはや鬼頭昭雄には、ビジネス・クラスと聞いても、かつてあっ

た同伴喫茶を思わせる、チマチマとした間仕切りのある、狭い空間としか思えなかった。

それでも、鬼頭昭雄は、一応は礼を尽くした。

「今現在、手伝っている鉄工所、金属加工関係の会社があるので、再確認してから二、三日中に連絡します」

女は、

「鉄工所、金属加工業か。カーボンの排出多そう。SDGs、ESGも難しそう。一次産業や二次産業より、サービスや無形資産こそ文明よ。発展よ」

と、また新興宗教の教祖のようなことを言った。

製鉄会社に勤めていた父親から、「鉄は産業の米、鉄は国家なり」の言葉を吹き込まれ、デスクワークが大半だったとはいえ、大学卒業以来メーカー勤めを続け、今は陽光社と関わりになった鬼頭昭雄は、殴りつけてやりたくなった。横顔の目尻の小じわとともに口元から顎にかけてのしわ、くびれが気になった。そんな鬼頭昭雄の思いに至らない女は、別れ際、挨拶をしながら、独り言を、あえて聞かせるように言った。

「流通過程での環境負荷の削減、クリーン・エネルギーで、化粧品を作っている。これも

売りになるかも」

鬼頭昭雄はビルを出て、東京駅の駅前広場を前にした。

正午過ぎの赤れんがの東京駅。灰色の石畳の広大な駅前広場には、街路樹が点在し、観光客が写真を撮っている。広場には、冬至まで三ヶ月を切った太陽が、衰えにあがくように光を注ぎ、周囲の高層ビルのガラスをきらめかせていた。

辺りを行き交う人々に、陽光社の多々良社長や主島達のような装いをしている人は見当たらなかった。金融、コンサル、そしてメーカーであっても本社、先ほどの面接担当の女流に言えば、コーポレートに所属する連中の働く場所だ。面接では、「再確認してから」とは言ったものの、鬼頭昭雄の心は決まっていた。薄暗い三和土の床の町工場ではなく、洒落た高層ビルが職場であっても、化粧なしの満月のような顔の歌子ばあさんではなく、きっちりメークのキャリア・ウーマンがいたとしても、さらにシンガポールやイタリアへの海外出張があったとしても、もう魅力はなかった。毎朝、無理に起きて、満員電車でこの場所にやってきて、ストレス、それも年下の連中からの命令や叱責に耐えて生きるなど、まっぴらごめん、との思いになっていた。

東京駅前の広場で高層ビルを見上げた鬼頭昭雄が思ったのは、「イワンの馬鹿」の悪魔の最後の場面だ。悪魔は高台から、手足で働くのではなく頭で働け、と馬鹿達に懸命に教えたが、馬鹿達にその意味はわからず、無反応だった。疲れ果てた悪魔は、演説台から逆さまに、頭を階段にぶつけながら落ちていった。馬鹿達は、頭で働くこととは、このことかと勘違いする。

高層ビルは、悪魔が馬鹿達に説教する高台に思えた。

「なにが『サービス、無形資産こそ文明』だ。アホ抜かせ。切削工具がなければ、それにそれを付けて動く旋盤がなければ、携帯だって、半導体だって作れないんだぜ」

鬼頭昭雄は陽光社の連中になり代わってつぶやき、赤れんがの駅舎に向かった。

# 五　月も知っとるわてらの意気地

東京大手町からそのまま新幹線で大阪に戻り、週末を陽光社の販路拡大のため、ＷＥＢによる市場調査などに熱中した。週明けの月曜、鮒端との対決に意気込んで出社したものの、鮒端は朝からX社の関西支社に直行していた。資金繰りも気になったが、鮒端をとっちめることに気がせいていた。鬼頭昭雄は、午前中、いつ出社するかわからない鮒端を待ち受けながらＰＣの経理データをにらんでいたが、昼食後は気分転換を兼ね、二階の食堂兼休憩室で、梶原に誘われて将棋を指した。いつも梶原は、多々良社長の弟の専務と将棋を指すのだが、専務は休みだった。梶原はヤニ臭い息を鬼頭昭雄に吐き、

「おっさん達が休んどるいうことは、昨日阪神の試合があったんやな。庄ヤン、どうなった」

傍らで新聞を読んでいた庄司は、一瞬うるさそうな顔をしたが、紙の音を立ててスポー

ツ欄を開いた。

「ボロ負けですわ。自力でクライマックス出場やと意気込んではったけど、あかん。ガックリきたんやろな」

「やっぱな。しかし、金にもならんのによう入れ込むわ。雨やから、寒いからと、勤めを休むのは、たまに聞いたことあるけど、タイガース負けたから休んで、それを大目に見るのは、ここならでわや」

との梶原に、昼食のみそ汁の鍋の後片付けをしていた歌子が、

「勝っても休むやろ」

と、口を挟んだ。

「王手」

梶原だった。昔は坂田三吉に憧れたという専務相手に、競艇がない日はほぼ毎日将棋をしている梶原に、鬼頭昭雄は押されていた。しばし考え込む鬼頭昭雄を、歌子は腰に手を当てて見下ろした。

「ほんまアホな連中や。阪神が生きがいやなんて。何の得にもならんのに。将棋かて、同

じゃ。何の金にもならんのに、ようやるわ」

「じゃかましい、クソババア。ババアに王将の世界がわかってたまるか」

やり返す梶原に、歌子が言った。

「あんた、将棋より先に鬼頭ハンに見せるもんがあるやろ。眼鏡褌男の書類」

鬼頭昭雄は、頭を振った。

「アカン、詰んだ。負けや」

と、つぶやいた後、梶原を見据え、

「なんや、その書類いうのは」

梶原はたばこの火を灰皿でもみ消して、一張羅の紺色背広の内ポケットから、くしゃくしゃの紙を取り出し、将棋盤の横で千切れた箇所をつなぎ合わせた。

「クソおもろうない紙切れやから、食後の消化に悪い思うて、とっといたんや。オバはん、セロテープや」

「なんや、偉そうに。人にものを頼むなら、もっと丁寧に言わんと。あんたのためやないで。鬼頭ハンのためや」

歌子は、階下の事務所に、セロハンテープを取りに行った。

ちぎれた断片をつなぎ合わせた書類は、鮒端がX社向けに書いた、これから三年間の事業計画の要約書だった。要点の一つは、陽光社の技術を継承するためX社から人を派遣させること。X社向け以外の売り上げを増やし、そこで得た利益でX社への納入価格が赤字でも、陽光社が存続できるようにすること。X社の借入金は、全てX社財務部からの融資に切り替えること。あらましは、そんな内容だった。

読み終えた鬼頭昭雄が、梶原に、

「これ、梶原ハンが手に入れたのか」

と、尋ねると、代わりに歌子が答えた。

「ヘロナミンにそんな芸当が、できるわけないやろ。暇さえあれば、競艇のことしか考えてへんのやから。見つけたのはウチや。先週の金曜、掃除でベニヤ部屋に入って、ゴミ箱の中身を袋に放り込んだら、目についたんや。鮒端ハンの鼻水がついとるようなんで、ティッシュで拭き取ってから、梶に渡したんや。鬼頭ハン、あんた、鮒端ハンが捨てた書類があれば、とっとくように、と言わはったけれど、おらんかったやろ。それで、梶に渡したんや」

「え、ばばあ。この紙に鮒端のやつの鼻水がついとったんか。それを早う言わんか。ファブリーズや。はよ、持ってこんか」

「ハイハイ。けど競艇場で汚れた手のまま飲み食いする方が、よほど不衛生やと思うけどな」

ファブリーズは、歌子の掃除道具の中にあったから、階下に行く必要はなかった。歌子はまず鬼頭昭雄の手にスプレー散布し、次に机上の捨てられていた書類の表裏に吹きかけ、その後、ファブリーズを梶原に手渡した。梶原は、歌子に文句を言いたげだったが、一張羅の背広の内ポケットに、それから手のひらに噴霧した。新聞を読んでいた庄司が立ち上がり、目を輝かしてテーブルに広げられたA４、二枚の紙を見おろした。鬼頭昭雄は念のためスマホで書類を撮影し、階下の新たに中古事務用品店で購入したばかりの鍵付き書類キャビネットにしまいに行った。

午後一時の作業再開直後、鮒端がタクシーで戻ってきた。鮒端の旅費交通費は、X社支給なので、文句のつけようはないが、同じ出向者でも、乃間は地下鉄やバスを利用した。性格の違いなのか、それとも派遣元、かたや営業、かたや総務という所属の違いなのか。

X社の関西支社で、なにか嬉しいことでもあったのか、黒の背広にゴルフ焼けの四角い

顔に眼鏡をかけた鮒端は、よだれを垂らさんばかりの喜々とした表情で工場に入ってきた。まさに、歌子の言うところの「日の丸背景にX社の化粧廻しをして、ニヤニヤ笑いながらドスコイと押しだしてくる眼鏡褌男」だった。

その鮒端の前に、鬼頭昭雄は立ちはだかった。

「ちょっと、鮒端ハン。ここで待ってて。社長を呼んでくるから」

鮒端は一転、むっとした表情となったが、鬼頭昭雄は構わず歌子に頼んだ。

「歌子ハン。悪いけれど、乃間ハンを、呼んできてくれへんか」

歌子は、主島の代役の庄司が使った旋盤周りの鉄くずを片付けていたが、何も言わずにベニヤ部屋に向かった。鬼頭昭雄は、工場奥の熱処理炉で修理業者と打ち合わせていた社長を、鮒端の立つ工場入り口近くまで引っ張り出した。そして、

「社長、乃間ハンの御意見も、念のため聞いてみましょう」

ベニヤ部屋から出てきた乃間が加わった。黒ずんだ工場の土間に据え付けられた熱処理炉の前に、四人が向き合ったのを、納品のためのこん包作業をする庄司が、見つめていた。

「コンプライアンス担当の乃間ハンの見解を、聞いてみましょう。取りあえず、例えば、

の話としましょう。ある会社、A社としましょう。A社がある部品の製造を、請け負っていたとしましょう。発注元の会社を、発注元としましょう。A社は、発注元の要求に従って、納品前の検査のため、検査機器を購入して、設備投資までしていたとしましょう。その下請けのA社ですが、何かの理由で売り上げ数字を大きくしたくなった。そこで、納入前の製品を一度別の会社、中間会社としましょう。その中間会社に売り、そこで納入前検査をしてから買い戻し、発注元に売りつけることを考えた。これって、コンプライアンス上、どう思いますか」

頭の回転が速い乃間は、即座に反応した。

「そのお話だけだと、売り上げの二重計上、循環取引もどきに思えますが、検査を請け負わせる中間会社への売値と、買い戻し価格は、どうなっていますか。次に発注元への最終的な売値がどうなっていますか。中間会社から買い戻した製品に、A社はどんな付加価値をつけて、元の発注先に売りますか。従来と異なり、間に中間会社を入れることで、A社はどんなメリットがありますか。その製品の最終責任、製品保証はどうなっていますか」

と、矢継ぎ早に質問してきた。この辺、さすがT大合格者ならでは、と舌を巻きながら

も、口をはさもうとする鮒端をにらみつけ、

「オイ、黙ってろ。話を全部聞いてからにしろ。どつかれたくなければ」

と遮ってから、鬼頭昭雄は答えた。

「間に入る中間会社への売値は、契約変更前に発注元に売っていた価格から、利益と検査に要する費用を、引いた額としましょう。買い戻し価格は、間に入った中間会社の検査費用と、中間会社の利益を上乗せした額です。発注元への売値の方は、発注元は強欲な会社なので、元のままです。A社の利益は、間に入った中間会社の検査費用と利益を、上乗せした額で買い戻すが、契約変更前の納入価格で発注元に転売するため、A社に利益はありません。それどころか、発注元の要求に従って設備投資した検査機器の償却ができないことを考慮すれば、赤字です。買い戻してからの付加価値は、こん包作業ぐらいです。製品の品質保証は、最終納入会社となるA社、と契約では規定されています」

「中間会社に検査をさせることにより、自社で検査をするより経費が大幅に節減でき、利益も増える、などの明確な利点がないのに、なんでそんな売り上げの二重計上のようなことをするのですか。そのA社は、資金繰りに困って無理に融資を受けようとし、金融機関

に良い数字を示すことが狙いですか。それとも、担当者の中間会社からのリベートが目当てですか」

T大出の乃間は評論家でしかなかった。すると、鮒端がここぞとばかり、得意げに、割って入った。

「いや、そんなんじゃない。航空機工場検査員による検査が必要だからだ。上方精密には航空機工場検査員の資格を持ったのがいる」

鬼頭昭雄は、鮒端の顔を見ずに、

「そういう屁理屈を思いつき、X社内の購買契約の審査を切り抜けたんだ。製品になじみのない航空機工場検査員による検査の方が、庄やんの検査より上等なんですか。いままでは何も問題がなかったのに」

と言い、乃間に向き直り、

「御社、いや乃間ハンの古巣の会社もええ加減ですな。こんな猿芝居にだまされて。乃間ハンからも、古巣の会社の購買や品証部に、航空機工場検査員による検査の必要性について、確認してみたら如何ですか」

そして、社長に向き合い、

「社長、どうします。契約しますか」

社長は首を振った。

鬼頭昭雄は鮒端と乃間の目の前で、上方精密からの契約書と、上方精密の発行した検査成績書の添付を要求するX社からの新たな契約書を破る仕草をした上で、笑いながら言った。

「やめた。これ、とっときますわ。後々のために。X社の横暴や鮒端ハンの有能さを示す証拠として」

契約書の内容を知らない乃間は、けげんな顔で、鮒端と鬼頭昭雄を見比べた。鮒端は、拳を握りしめ、鉄工所の外へ出て行った。阪神が負けたため、職工達は休みを取り、梶原は鬼頭昭雄に言われて外回りに出かけていた。その光景を見ていたのは庄司だけだったが、こん包作業をしながらほほ笑んでいた。

乃間が首をかしげてベニヤ部屋に戻るのを見届けてから、鬼頭昭雄は社長にささやいた。

「上方精密を間に入れることの利点は、支払い条件ですよ。納入翌営業日の現金払い。しかも二割の前渡し金がある。鮒端も、念のため言い訳を作っておいたのかも。けど、資金

繰り、けっこうしんどい」

鬼頭昭雄は、薄暗い工場の片隅にある机に戻り、ＰＣを開いた。

「さて、どうするものか」

給料日まで二十日ほどしかなかった。熱処理炉の修理費の出費が大きかった。ＡＭＳ材と呼ばれる航空宇宙用材料が高価な上、真空熱処理炉用の冷却ガスの仕入れや光熱費で出費がかさんでいた。そこへ熱処理炉の修理費が発生した。一方、納入前の仕掛品が多く、大口の入金は、二ヶ月以上先の見込みだった。

鬼頭昭雄は、修理業者とともに炉の中をのぞき込んでいる多々良社長に告げた。

「堂銀へつなぎ融資の交渉に行ってきます」

「鬼頭ハン、出かけますか。これから、土佐島製作ハンから頼まれたもんを届けに行きますけど、途中まで乗ってきますか」

庄司だった。こん包作業を終え、段ボール箱を両手に持って立っていた。陽光社創業当時からの付き合いである土佐島製作へは、損得なしで部品の熱処理と旋盤加工を手助けしていた。

「ちょっと待ってや。堂銀に電話するさかい。先に車に乗っといて」

鬼頭昭雄は堂島銀行という地方銀行に電話を掛け、担当者の池本への面会を申し込んだ。女性が応答した。

「池本は来客中なので、後ほど電話を差し上げます」

「とにかく、お邪魔して、待たせてもらいます」

鬼頭昭雄は、金庫から、仕掛かり中の注文書の全てと資金繰り表などの書類一式を、愛用する時代遅れの牛革製アタッシュ・ケースに入れ、庄司が工場入り口に乗り付けた軽トラの助手席に乗り込んだ。庄司は念を押した。

「堂銀ですね」

「そや。わかるか」

「鬼頭ハンが社長に、『資金繰りがけっこうしんどい』言うているのが聞こえました。けど、こないに忙しいのに、アカンのですか。やっぱ、炉の修理費のせいですか。でも、あの日、Xの品証部の奴ら、なんやかやと炉をいじくりまわしとったけど、どう見ても熱処理炉は、初めてのような様子やった。あいつらのせいで壊れたんと違いますか」

「まあ、そうやろな。でも、確実な証拠がないし、Xは絶対に自分達のミスは認めんやろな。そういう会社や。確実な証拠もないのにあんな奴らと交渉するだけ時間の無駄や」

X社品証部による検査の立ち会いを、江崎久美との逢い引きのためほったらかし、負い目のある鬼頭昭雄だが、

「でも、大丈夫やろ。注文書があるから、堂銀も金を貸すやろ。まさか、黒字倒産はさせんやろ」

「なんでっか、その黒字倒産ゆうんは」

「売掛金の入金が費用の出金より先で、売掛金が入れば黒字になるけど、その前は現金がなく、材料なんかの仕入先に金が払えず取引停止になる」

「へー。珍しいこともあるもんですな」

「珍しかない。黒字倒産はざらにある」

鬼頭昭雄は、多々良社長から聞いたXの関連会社部担当者の「Xの関連会社はプライムレートより低い利子で、融資を受けられるので、困ったときには活用しろ」をかみしめた。

庄司の運転する軽トラックは、秋の昼下がりのバス通りを走った。工場があるかと思え

ば八百屋があったり、せせこましい間口の住宅があるかと思えば、隣は鍼灸院や居酒屋が入る雑居ビルが立ったりしている乱雑な通りだった。

「あれ、鮒端ハンと違いますか」

堂島銀行の支店の看板が見えるあたりで、庄司が叫んだ。庄司が顎で指し示す方向には、黒背広を着て手を上げた鮒端が、止まったタクシーに乗り込むところだった。

「しまった。先を越されたかも」

軽トラックは鮒端がタクシーに乗り込んだあたりに止まったが、走り去るタクシーの後席で鮒端がこちらを振り返り、笑っているような気がした。

鬼頭昭雄は、気を取り直して堂島銀行支店の受付番号発券機で、融資相談の番号札を発行させ、ソファーに座って、自分の番が来るのを待った。暇つぶしに取り出したスマホのメールを確認すると、前日に採用面接試験を受けた、外資系のシステム開発会社からのメールがあった。今となっては気が重い内定通知のメールで、電話連絡を求めていた。「事情により、辞退する」と打ち込んでいる途中で鬼頭昭雄の受付番号が呼ばれた。作成したメールを送信し、急いで窓口に向かい、白いブラウス、青地に花柄のリボン・タイの窓口女性

に用件を切り出すと、相手は内線電話をかけた。

「申し訳ございません。池本は急用で外出してしまいました」

「いつお戻りになりますか」

「急に出て行ったのでわかりかねます。名刺をいただければ、後で電話させるようにいたします」

鬼頭昭雄は、取りあえず名刺を渡したが、支店前で鮒端を見たときに半ば予想した展開だった。以前、鮒端が、手なずけたと思い込んでいる梶原を連れ、堂島銀行の池本を飲ませた帰り、酔った鮒端が得意になって、

「X社は無借金でも事業展開できるけれど、顧客獲得のため、義理で各銀行と取引している。融資を受けたり、預金したりだ。なんせX社の製品は家庭用品からビル設備、工場の生産設備、エネルギーや交通といったインフラ関係、それに宇宙事業までそろっている。競合があるときは、銀行筋から圧力をかける」

と、うそぶいたことを梶原から聞いていた。

「こら、あかん。こうして、面と向かっての交渉すらできない状態で、時間だけ過ぎていく」

ため息まじりに支店を出た鬼頭昭雄だが、バス通りには、数日前の東京駅の駅前広場と同じく、まんべんなく秋の日差しが当たっていた。だが、こちらはまさに大阪の下町で、工場やら木造住宅が立ち並ぶ歩道のない通りを、車が行きかっている。

熟練工の高齢化に対処するため、庄司の相棒となる若手を一人雇うことが決まっていた。高校生のとき、同級生を妊娠させ、中退して鉄筋工として働いていた徳山の孫息子が、足をけがして鉄筋工を辞め、来月から陽光社で働くことになっていた。そんなときに、給料遅配は避けたかった。それ以上にXからの融資は受けたくなかった。

何か方法がないかとぼんやり考えながら歩く鬼頭昭雄は、「キィー」、という自転車のブレーキ音で我に返った。

「すんまへん」

背広姿で自転車から飛び降りた男が、先に謝ってきた。男は頭を下げると、自転車を建物横の駐輪場に止め、かごから黒かばんを出して中に入っていった。建物には「なにわ信用金庫」の看板が掛かっていた。

鬼頭昭雄は、多々良社長や庄司を除く古手の従業員全員の給料の振込先が、「なにわ信金」

だったことに気がつき、陽光社に向かう足取りを速くした。

戻ると、多々良社長は熱処理炉の修理に立ち会っていた。

「社長、なにわ信金に口座持ってはりますか」

「ああ、持っとる。みさ枝の薦めで堂銀をメインにするようになってから、なにわ信金とは疎遠になってしもうたけど」

「知り合いおますか」

「常務理事が、若い頃はうちの担当やった。今でも年賀状が来よる。少しばかりやが預金もある」

「そら好都合や。今から行きましょう。給料支払いのための金策です。堂島銀には鮒端の手がまわって、融資してもらえへん」

「もうちょっと待て。今はアカン。修理に立ち会わんと。誰もいないやろ」

そこへ配達を終えた庄司が帰ってきた。

「庄ヤンがおるでしょ。修理はこの人らに任せ、庄ヤンに留守番させましょ。さあ、社長、早う。早うしないと、もうすぐ三時や。信金も窓口閉じてまう。思い立ったら吉日や。も

たもたしとるとXや鮒端の手が回るかも。X財務部の世話になったら、奴隷以下になってまう。庄ヤン、車の鍵貸せ」

鬼頭昭雄は車の鍵を受け取ると、社長をせかした。審査に要する時間を考えると、早いに越したことはなかった。

長い間運転する機会がなかったマニュアル・ミッション車のため、エンストを何度か繰り返した。信金の駐車場に車を入れたときは、三時十五分前だった。ここにも受付番号発券機があったが、鬼頭昭雄が券を手にしたとき、壁際で、机に向かう職員の背後に立って指示をしていた濃紺、縦縞の背広を着た年配の男が、ふと顔を上げた。そして、鬼頭昭雄の後ろでしょんぼりと立っている、首タオルに作業着の多々良社長を見つけ、カウンターまで近寄ってきた。

「あれぇ、多々良ハン。お久しぶり。今日はなんでっか。まさか、預金の解約やないでしょな」

と、言った後、大声に居合わせた客が驚いたのに気がつき、声を小さくして、鬼頭昭雄を見つめた。

「これ、お宅の新しい総務経理部長ハン」

「え、ようご存じで」

「そりゃ、アンテナ張ってますもん」

鬼頭昭雄が慌てて名刺入れを取り出しながら、

「御挨拶が遅れて、申し訳、……」

言いかけるのを押しとどめた。

「まあ、まあ、こんな所ではなんですから、こちらへ」

自らカウンターを回り込んで出てきて、二人を「応接室」と表示された部屋に案内した。

改めて名刺を差し出し、挨拶する鬼頭昭雄に、丁寧に頭を下げ、

「常務理事で営業統括の前田いいます。今日は、新経理部長さんの就任の御挨拶でっか。よろしゅうお願いします。なんせ、前の部長のみさ枝ハンには、嫌われてましたから」

「いや、いや。みさ枝が亡くなった折にはお花を頂きながら」

多々良社長がつぶやいた。前田は、お茶を持ってきた女性職員に、ねぎらいをかけ、多々良社長に向き直った。

「まあ、まあ。みさ枝ハンに嫌われてもしゃあないわ。多々良先輩と二人で、よう

遊びましたもんなあ。あないなことがあって、みさ枝ハンに嫌われ、陽光社ハンとの取引は、のうなってしまったけど、まだ多々良ハンやみなさんの個人口座もある。それだけでも感謝や」

「ホンマ、ワシのせいで前田ハンにあらぬ疑いをかけてしもうて。その上堂銀にくら替えまでしてしもうて、ホンマ申し訳ない」

多々良社長はモジモジしていた。鬼頭昭雄は、何があったのか、と興味をそそられたが、二人がソファーに腰を落ち着け、昔話に花が咲きそうだったので、割って入った。

「お話を遮って申し訳ありません。挨拶遅れた上でのお願いで恐縮ですが、本日は、融資のお願いで参上いたしました」

常務理事という役職相応の髪の毛の色と脂肪がついた顔を上げ、眼鏡の奥のどんぐり眼で鬼頭昭雄を見返した。しばらく間を置いて立ち上がり、

「お急ぎらしい。二度手間になるのもなんやから、担当者を呼んできます」

一旦部屋の外に出て行った。

部屋に二人きりになった鬼頭昭雄は、改めて多々良社長の横顔を見たが、首をすくめて

小さくなっていた。融資話で恐縮しているだけではなさそうだった。戻ってくるまでに時間がかかったのは、前田がそれなりの人間を探したからららしかった。

「すんまへん。融資課長の吉川いいます」

「同じく融資課係長の井汲です」

鬼頭昭雄は、アタッシュ・ケースから注文書の束と資金繰り表等の書類を取り出し、洗いざらいを話した。

常務理事の前田は部下に顔を向けた。

「吉川君。どや、いけるか」

「いけると思います」

「信用保証いるか」

「確認します。これ、お借りしてコピーさせていただいてもよろしいですか」

断ってから書類を手に取り、井汲と名乗る若い方に合図した。

多々良社長はひたすら頭を下げ続けていた。

「お願いします。給料日まではなんとか」

「まあ、まあ。なんとかなりますわ」

前田は関西弁のイントネーションで答えてから、

「なんせ、信金は地域とともにあります。地域から逃げ出せまへんから」

と、胸を張った。鬼頭昭雄は、念を押した。

「Xや、Xの意向を受けた関係金融機関からの圧力受けて、後で融資を断ったりしませんやろな」

すると前田は、気を悪くしたのか、鋭い口調で言い返した。

「そないなことするかいな。Xからの圧力があったら、顧問弁護士と相談して、横暴や、と公正取引委員会に訴えますわ。優越的地位の濫用や。なあ、吉川君」

「そうですとも。大体、Xの下請けいじめ、さらに発注先の海外移転でどれだけ関西の取引先が泣きを見て、会社を畳んだか」

相槌を打つ融資課長の吉川だった。さらに前田は、多々良社長にほほ笑んだ。

「これを機会に陽光社ハンと元通りの取引ができるようになれば嬉しいですな。また飲みに行きましょ」

だが、慌てて、同席する吉川に弁解した。

「おっと、これもチャンと手続き取ってやらんと、コンプライアンス違反になる。面倒くさい時代になったもんや」

コピーを取り終えた井汲が戻ってきたので、鬼頭昭雄が吉川と井汲の両方の顔を見ながら尋ねた。

「申請書類はどのように、……」

課長の吉川が答えた。

「いや今回は時間がないので、こちらで用意します。後ほどお越しいただくか、案文をメールでお送りするので確認し、その後署名なつ印をお願いすることになります。連絡先は鬼頭さんでよろしいですね。念のため携帯の番号をお教えいただければ」

鬼頭昭雄は名刺二枚に携帯の電話番号を書き込み、吉川と井汲の二人に渡し、

「私の方からは、井汲様でよろしいですか」

吉川が、名刺を受け取りながら答えた。

「井汲が御社の担当となります。井汲が対応できない場合は、御遠慮なく私に御連絡くだ

さい。書類の方は、信用保証協会の保証が必要な場合も含め、遅くとも明日の午前中には用意します」

前田に促されて立ち上がった多々良社長は、また肩をすくめ、前田に頭を下げた。

「ホンマ、足向けて寝られんゆうのはこのことで」

「足向けて寝なんでもよろしいわ。足を結んで二人三脚しましょ」

前田は、多々良社長の肩を抱いた。

軽トラックの助手席に座った多々良社長の横顔に、鬼頭昭雄は涙を見た。

工場に戻ると、一人で熱処理炉の修理を見守っていた庄司が、ほっとした顔で社長を迎えた。

自席に向かおうとした鬼頭昭雄だが、引き返し、多々良社長に、耳打ちした。

「社長。Xから来ている連中、特に鮒端には、なにわ信金から融資を受けたことは言わんといてください。私も、金策に困り果てているような顔をしていますから」

練習用の材料で旋盤を動かそうとしていた庄司にも、念を押した。

「庄ヤンもええな。なにわ信金から融資受けることは、誰にもしゃべったらあかんで」

夕刻になって御用聞きから戻ってきた梶原は、のんきに鼻歌で藤田まことの「十三の夜」を歌っていた。

その歌を聞いて、鬼頭昭雄は多々良社長に連れていかれた居酒屋「おおしお」で見た和服姿の女と、信用金庫の前田常務理事の話とをつなげてしまった。

信用金庫からの融資を取り付けた翌週の月曜日、鬼頭昭雄はいつもより早く出社し、前日のクライマックスシリーズで阪神が巨人に勝ち、上機嫌で出社するであろう主島を待ち受けていた。主島は、がっしりとした体を、黒塗りの、昭和の時代から使っている頑丈な自転車をゆっくりとこぎ、茶色の色眼鏡であたりを睥睨《へいげい》しながらやってきた。乱暴だが、職人かたぎの主島は、機械の手入れや段取りのため、早朝に出勤し、余った時間は空手の型の練習に使うのだった。

「主ヤン、ちょっと、ちょっと。話がある。頼みがある」

「なんや」

ドスのきいた声で、主島は色つき眼鏡をかけた浅黒い顔を、鬼頭昭雄に向けた。

「主ヤン、X社は好きか?　鮒端は好きか?」

「アホなこと言わんかい。好きなわけないやろ。なんや、早う言わんか」

せっかちなので、じれて今にも殴りかかりそうな主島に、鬼頭昭雄は循環取引や資金繰り、堂島銀行、そしてなにわ信金との交渉のあらましを話した。

「クソー、鮒端のガキめ。どつきまわして、服引っぺがして、真っ裸にして通りへ放り出してやる」

「アカン、アカン。そんなことしたらあいつらの思うつぼや。それよりな、芝居してくれ。それもみんなを抱き込んで。給料がもらえないことにして。俺が給料日の前の日、鮒端がいるときを見計らって、みんなに演説をぶつ。給料は社長が老後の資金を取り崩して準備したが、社会保険や買掛品の支払いもあり、給与は半分にしかならんかった。その原因は、俺が上方精密を間に入れる取引を断り、資金繰りが苦しくなったからや、と言って謝る」

主島は首をひねった。

「それでワシは何をすればええんや」

「給料、実際には、全額支給できる。なにわ信金のおかげや。でもな、鮒端や乃間の前では、給料半分しかもらえなかったことにしておいて欲しいんや。そういうことで、みなを

まとめてもらいたい。それこそ、それに従わないやつは、どつきまわして、ケンタッキーの親父の代わりに道頓堀にぶち込む、とでも脅してくれ」

「まあ、ええけど。で、あんたの演説きいた後、みんなにどんな反応させればええんや。虎メガ持ってきて、『打倒X、Xなんて潰れてしまえ』と、みんなに叫ばさせるんか」

「そらあかん。取りあえず『給料半分では生活できへん。なんとかしろ』と、この俺を責めてくれ。それだけでええ」

「ふーん、そんなんでええんなら、やってやる。けどな、わしら、将棋の駒やないんやで。筋書きも知らされずに使われとうはない。その後の筋書きを教えんかい」

主島はすごんだ。

「その後のことは鮒端やXの出方次第や。どう出るかで次のやり方を考える」

「フン、まあええか。どこぞのアホなピッチャーと同じで、キャッチャーを頼るしかないからな」

その日、いつもの通り重役出勤してきた鮒端を見て、わざと疲れた様子を装って出かける鬼頭昭雄に、頭にタオルを被って土間の掃き掃除をしていた歌子が叫んだ。

「アレー。鬼頭ハン。多々良の旦那からききました。頑張ってや。なんとかしてや」

するとと、ふだんはめったに無駄口をきかない、不気味な存在でしかない金田までが、旋盤からはなれて、

「鬼頭ハン。頑張ってや。お願いしまっせ。徳の孫の大輝《たいき》もここに入ることになってますさかい」

と、まるで小学生の学芸会のような調子で口上を述べ、さらに歌子は、ほうきを振り上げて、土間にしゃがみ込んでスポーツ新聞を読んでいる梶原にけしかけた。

「こら、ヘロナミンも手伝わんと。一緒に堂銀へ行きや。堂銀に知り合いおるとか言ったやろ」

梶原が、待ってましたとばかり両手をもみながら、競艇で大穴当てたうれしさを無理にかみ殺すような顔をして立ち上がった。

主島が皆をどう脅したのかわからないが、過剰な演技に鬼頭昭雄は冷や汗が出た。梶原は、一応、鮒端の部下なので、このまま工場に残してはまずいと思った鬼頭昭雄は、連れ出すつもりで背中をどやした。痩せた梶原は、思わぬほどはじき飛び、前のめりに転びか

けたが、文句は言わなかった。

余計なことを言ってボロを出しかねない梶原を連れて、まずは堂島銀行に行き、担当の池本に面会を求めたが、予想通り不在を伝えられた。こうしてから、なにわ信金へ行き、書類を提出し、そのまま梶原とともに、鬼頭昭雄の学生時代の友人が経営する医療機器メーカーに、販路拡大のための営業に行った。

給料日を週明けに控えた金曜の昼、いつも通りファミレスで食事を終えた鮒端が工場に戻る頃を見計らって、鬼頭昭雄はみんなを集めた。今月の給料は半額と伝え、謝罪すると、主島が口火を切った。

「あんた、何しに来たんや。経理部長やろ。みさ枝ハンが経理をしていた頃、こんなことはなかった」

「そや。いろんな所に顔が利くゆうことできたんやろ。やっぱ、東京かぶれは口だけや」

「あんたも給料半分やろな。いや半分どころか、ゼロや。責任とって」

工員達は口々に鬼頭昭雄を罵った。過剰演技にならないようあらかじめ主島、庄司、歌子を介してせりふと配役は教えておいた。工員達が、鮒端や乃間の入るベニヤ部屋に背を

向けて立っていたのが、救いだった。鬼頭昭雄自身、罵る工員達と相対していると、吹き出しそうになって困った。「こらあかん。ひどい田舎芝居や」

そして給料日がやってきた。その日、鮒端の姿は工場にはなかった。古巣のX社で陽光社をどう子会社化するか、どうその技術を自社のものにするかの相談をしているのだろうと鬼頭昭雄は想像した。「生かさず、殺さず」これが、歌子がゴミ箱から拾い上げた、鮒端が書いた事業計画書中の言葉だったし、そこには「当社のＢＣＰのため、ノウハウを吸収しておく」との記述もあった。

給料日の翌日、融資のお礼でなにわ信金に寄り、遅れて出社した鬼頭昭雄だが、シャッターをくぐった直後に目にしたのは、土間の奥、修理を終えて試運転中の熱処理炉の脇に立つ多々良社長に食らいついている鮒端の姿だった。困り顔の多々良社長は、鬼頭昭雄を見ると、助けてくれと表情で訴えた。歩み寄った鬼頭昭雄は、

「なんですか、どないしました、社長」

と、我ながら変な関西弁だと思いながら、鮒端を無視して話しかけた。鮒端は、ニヤニヤしながら言った。

「これは、これは、名経理部長殿」

歌子の言うところの「よだれを垂らした眼鏡褌男」だった。自分より強い上級生にはへつらう中学時代の番長が、弱い者を容赦なくいたぶるときに見せた笑いだった。もっとも、鮒端は学生服ではなく、縦縞の濃紺の背広を着ていたが。

多々良社長は、鮒端に背を向け、熱処理炉の制御盤に向き合った。

「鬼頭ハン。鮒端ハンの相手したって。ワシは仕事せなアカン。故障で工程が逼迫しとる。まかせたで」

鬼頭昭雄は、感情を抑えきれず、鮒端をにらんだ。

「なんですか」

「経理部長は、経理以外にも首を突っ込んでくるのですか。それより、資金繰りの方に注力しないと、みんな辞めてしまいますぜ」

鬼頭昭雄は、鮒端が芝居にだまされたままなことに、内心ほくそ笑みながらも渋面を作って、

「社長の御指名なので相手させていただきます。バニーガールの付け回し、循環取引、さて今度はなんでっか。知恵比べですな」

鮒端も鬼頭昭雄をにらみ返した。

「X社の品質保証部の人間に、製造工程の品質チェックをさせる必要がある。こう、社長に言ったまで」

「何でそんなこと、せなあかんのですか。出荷前に検査している。成績書も付けている。それにこないだは、炉の検査にも来た。検査の後で、故障して修理費用がかさんで、給料が払えなくなった」

「成績書だけでは品質確認できない。プロセスが大事です。この工場が、ＩＳＯ９０００の品質マネジメントシステムが構築されている、と認証されていれば別ですけど」

鮒端は「ＩＳＯ９０００の品質マネジメントシステム」という言葉を、おまえには初耳だろう、と馬鹿にした口調で強調した。さらに、

「それに、先日は炉が故障して我が社への納期に影響する恐れがある。だから、余計、設備やプロセスの検査が大事なんだ」

鬼頭昭雄は、あきれてしばらくものが言えなかった。多々良社長は幸いにも修理を終えた熱処理炉の制御作業に夢中だった。その場にいたら、鮒端を殴りつけただろう。

こんなやつは、殴るだけ損、殴るに値しないと自分に言い聞かせ、鬼頭昭雄は皮肉を込めて言い返した。

「あたしゃ、駅弁大学の工学部出です。有名大学教育学部卒の鮒端ハンと違って、品質管理は不案内ですわ。けど、優秀なT大出の乃間ハンがお作りになったコンプライアンス規則集の中に、社外の人間の立ち入り制限に関する規則があったような気がします。乃間ハンを呼んできましょ」

「乃間を呼んできても駄目だ。契約書に書いてある」

鮒端はX社との基本契約書のページを開いて突きつけた。言われるまでもなく、その条項の存在を鬼頭昭雄は、既に知ってはいた。

鬼頭昭雄は、「しかし、企業秘密の持ち出しはあきまへんで。その辺、乃間ハンがいろいろ規則を作ったはずや。乃間ハンに、写真撮影や、工場立ち入りのための手続きや書類について相談しましょう」と言いかけたがやめた。そんな書類がない方が、後で訴訟を起こしたとき、Xに対する異議申し立てに使える、と思い直した。

鬼頭昭雄は昼休み、二階の休憩室にやってきた多々良社長と主島を、雑巾などが干して

ある物干し台に連れ出した。

「主ヤン、将棋の駒やないから、筋書き知りたいと言うてたな。筋書き説明する。けど、筋書きに従うと、主ヤンはただ働きせなあかんことになる。主ヤンだけやなく、専務や徳さん達もただで残業してもらうことになる。それから社長、材料がお釈迦《しゃか》になる」

腹が減って機嫌が悪くなった主島が、浅黒い顔の色付眼鏡を鬼頭昭雄に向けて、例のごとく、今にも殴りかからんばかりの勢いでかみついた。

「なんや、なんや。はよ言わんかい、じらすのやめんかい」

「主ヤン、ええか、これから言うこと、専務に徳山と金田のじいさんにも、あんたから言いきかせるんや。三人とも口下手で無愛想だから好都合や。けして梶原に漏らしたらアカン。あいつは、内緒話は余計にしゃべりたくなるクチや。庄ヤンは、賢いから大丈夫や」

と、前置きしてから話を進めた。

「AMS材がおしゃかか。まあ、しゃあないな。ウチの技術を盗ませんためや。Xのやつらに、まちがったノウハウ教えるんやな」

多々良社長はつぶやいた。主島がかみつくように言った。

「で、そいつらいつ来るんや」

「あしたや。抜き打ち検査や言うとるけど、真空加熱炉の修理も終わって、明日からXからの発注品の熱処理や加工が始まるからやろ。梶ヤンが、鮒端の電話を盗み聞きした」

鬼頭昭雄が主島に気を使い、関西弁で答えた。

翌朝、X社の関東の工場から、品質保証部を名乗る三人がやってきた。前夜に近くのビジネス・ホテルに泊まり込んだ三人は、既に着込んだX社の作業着姿で、早々と陽光社のシャッター前にタクシーで乗り付けた。いつもは重役出勤してくる鮒端だが、その日は珍しく定時前に陽光社に現れ、タクシーが着く直前、スマホを片手に、シャッター前で待ち受けていた。タクシーから降り立つ三人を出迎える鮒端は、満面の笑顔だった。主島や徳山といった工員達、そして多々良社長に対してさえ、見下した態度をとる鮒端が、X社の作業着を着た三人には、恭しく丁寧に、足下への注意を促しながらベニヤ部屋に案内した。

ベニヤ部屋の中で彼等は始業時間まで一時間近く密談していた。梶原が鬼頭昭雄に、ベニヤ板越しに盗み聞きしようかと合図を送ったが、鬼頭は首を振った。

打ち合わせを終えて、鮒端を先頭に出てきたのは、乃間を除く四人。給料半額で工員達

の不満が鬼頭昭雄に向かっていると思い込んでいる鮒端は、態度が大きかった。鬼頭昭雄の視界を遮るように、背中を向けて立った。X社の品質保証部の三人は、陽光社の工員を見下し、名刺を差し出すどころか挨拶もしなかった。

鮒端は宣言した。

「契約に基づき、X社の品証部の方々に、工場の立ち入り検査をしてもらいます」

一人は熱処理炉を制御する多々良社長に、もう一人は旋盤を操る主島の横に立ち、質問しながらメモを取り始めた。ヘルメットには小型のビデオカメラらしきものが取り付けられていた。残り一人がリーダーらしく、土間の中央であたりを睥睨《へいげい》した。

多々良社長も主島も、そこそこ面倒くさそうな顔はしたが、質問に答え、カメラについても文句は言わなかった。

陽光社の入り口シャッター前にある、歌子が世話をしている植木鉢を照らした夕日が沈む頃、陽光社の工員一同は、二階の休憩室に上がり、ある者は着替え、別の者は作業着のまま、空になった弁当箱などを手にして家路についた。一階では、ベニヤ部屋に入ったX社の品証部の三人は、普段着に着替え、呼び寄せたタクシー二台に、乃間や鮒端とともに

分乗し、陽光社を後にした。残っていたのは多々良社長と鬼頭昭雄だけだったが、社長が工場の灯りを再びつけた。しばらくすると月明かりの中、黒色自転車に乗った主島、それに立ち飲み屋で時間を潰していた専務、徳山、金田の三老人が、若干酒臭い息を吐きながら戻ってきた。最後に現れたのは、終業前、軽トラックで、姫路の鉄工所仲間に頼まれた加工品を届けに行った庄司だった。

「どアホ。遅いぞ、庄司。どこで道草しとったんや」

旋盤の前に立った主島が怒鳴り声を上げていた。

「すんまへん、道が混んでて」

「ほれ、早くしろ。もたもたすな」

おどおどしながら旋盤を操る庄司に、指導役の主島は、「アホ」、「ボケ」と始終怒鳴り声を上げていた。

作業が終わったのは十一時を過ぎていた。疲れ切った庄司が、ぼやいた。

「あきまへん。頭も体もようついていけまへん。こないだから社長に熱処理を教えてもろうてますが、それだけで精一杯です。熱処理も、旋盤も両方はようおぼえきれませんわ」

ぎょろりとすごむ主島だが、多々良社長は庄司に缶ビールを差し出した。

「そやな、確かに一人では無理や。徳の孫、もう退院したんやろ。夜だけでもええから明日から来させんかい」

徳山が答えた。

「ああ、言うてみるわ」

主島は、怒鳴った。

「孫やろ。いちいち御機嫌とるな。そんな甘っちょろいこと言わんで、どつきまわしてでも、つれてこんかあ」

その主島の顔色をうかがいながら、庄司がぼそりと言った。

「おっちゃんらの技を覚えるのは、徳さんの孫がきても無理や。まだ人が足りへん。ましてや、おやっさんの熱処理の業を習えなんて、とても、とても。マルテンサイトやらオーステナイトなんて、工業高校で聞きかじった言葉がぎょうさん出てきて、頭がはじけそうや。こら、大学出、雇わな」

「なに、ぬかす。わしは大学なんぞ出てへん。一生懸命勉強してここまでこれたんや。甘っ

たれるな。新聞読んどる暇があれば、ここにある熱処理の本の一冊でも読まんかあ」

酔った多々良社長が怒りだした。

鬼頭昭雄は、コンビニでアルバイトをしている息子のことをチラリと思った。

金田が珍しく口を開いた。

「でも、Xの連中は明日もくるんやろ」

「しばらく来るやろうな。でも、ホテルに泊まっとるから、そう長いことはないやろ」

鬼頭昭雄の答えに金田のじいさんは、愉快そうに言った。

「そしたらまたガセネタの続きや。ざまーみろ」

鬼頭昭雄は、金田のじいさんが笑うのを初めて見たが、

「Xのことや、そう簡単にだまされない。一度引き上げても、再現してみて、頭をひねるやろ」

「そしたら、また来るんか」

「来るやろな。契約済みの仕掛品が工場にある限り。だから、できるだけ早いとこ仕掛かりを片付けろ。特にあいつらに知られたくないとこは早く片付けろ。次の契約から、品質

の監督行為の項目は除外する」

「Xが納得するか」

「ここしかできへんから、納得させる。納得しないで発注を止めれば、なにわ信金頼みだ。これからXに頼らず生きていくために、他からの受注増やさんと」

金田と鬼頭昭雄の会話を聞いていた主島が怒鳴った。

「そんなん、ヘロナミンの梶原のどアホにできるわけない」

「まあ、そう言うな。梶原ハンには昔の取引先にどんどんまわってもらう。でも、廃業しとるとこが多いから、それだけではXの分の穴埋めにはならんな。やはり、人が必要だ。あいつら引っ張ってくるか」

ふるまわれた缶ビールを飲みながら鬼頭昭雄はつぶやいた。あいつらとは、息子の健一と元部下の野口宏のことだ。二人とも、応じるかはわからなかった。しかし、その二人ぐらいしか思いつかなかった。その一方、一年も満たない付き合いでしかない陽光社の職工達が、生涯の友であるかのような気がしていた。

ビールの次には、主島が持ってきた焼酎が振る舞われた。疲れているのか、鬼頭昭雄は

酔いが回るのが早かった。鬼頭昭雄は、ここ数日の張り詰めた精神状態からの解放、休息のため、週末、江崎久美を大阪に呼ぶことを思いついた。思いついてから、ふと、鬼頭昭雄が陽光社でしていることも、江崎久美がしていることも、あまり変わりがないように思えてきた。鬼頭昭雄は、江崎久美の仕事と自分のしていることとの違いを見つけようとしたが、酔った頭には思いつかなかった。「経済て、そんなもんでしょ」とは、ホテルで夜景を見ながらの江崎久美のつぶやきだった。

皆酔っていた。

「一番知りたいのは、わしの作ったもんが何に使われ、どう役に立っとるかや」

専務の声がした。

何回か焼酎のおかわりをして、鬼頭昭雄はあたりが二重にぼやけて見えてきた。すると、「癌は良いですよ。死ぬまでに、大なり小なり時間があるから。でも、心臓はある日突然止まる。突然死ですよ」、という野口から聞いた心臓外科医の言葉、そして野口との中華食堂でのやり取りが思い出された。

「ま、いいさ。俺には、それしかないもの。振り返ってどうなるのだ。こうして仕事をし

ていれば、生きている気がする」と思い直し、次に声を出して、「野口と健一は無理矢理でも引きずり出して、ここで働かせてやる。特に健一は絶対だ」とつぶやいた。それを多々良社長、主島、安積が耳にしたが、野口や健一が誰かは尋ねなかった。

# 六　後書き

私は、四月に陽光社に入社し、六月に株主総会があった。もっとも、株主は社長の多々良忠、社長の弟で専務の多々良徹、それにX社だ。X社からは関連会社部の課長が出てきた。多くの場合と同じく、議案は、株主総会以前にX社の関連会社部と折衝を終えていた。事前折衝でのXの要求は、開発営業部長として出向している鮒端政一を、将来の社長含みで取締役に選任し、ガバナンス強化のため、これも企画室長として出向している乃間誠も取締役にするというものだった。二人とも役員就任に伴いX社を退職し、その役員報酬は、陽光社持ちというのがX社の関連会社部の提案だった。さらに、近代化や未払いの給与支払いのため、X社を引き受けとした増資に加え、X社財務部からの融資を受けるという提案もしてきた。X社は、給料の減額が続いているという鮒端の報告を鵜呑みにしていた。

それで、Xの関連会社で給与の未払があることをマスコミが知り、社会問題に発展しかねないとの理由で、増資と融資の要求を押し通そうとした。

給料については、X社に代わる大口の受注先の獲得には至っていなかったが、なにわ信金からの融資で、減額には至っていなかった。それを、鮒端や乃間に悟られないようにしたのは、鮒端を安心させ、新たな悪巧みをさせないためだった。

一方、工場の立ち会い検査時、ビデオ撮影などで記録した陽光社の熱処理加工技術や精密加工技術は、X社の現場でも、X社の下請けでも再現できなかった。

私が四月に陽光社に初出社するとすぐその晩、川縁の古民家を改造した居酒屋に連れて行かれた。そこの離れでは、多々良忠社長、社長の弟の多々良徹専務、鬼頭昭雄、なにわ信金の前田常務理事と融資課長の吉川、係長の井汲が顔を揃えていた。

鬼頭昭雄が口火を切った。

「増資は受けない」

「そらあ、言わんでもわかっとる。主ヤンも、徳も金も、もうかみさんの面倒見るだけでエエ身ィになったから、万一、給料減っても我慢できる。こう言うとる」

多々良社長だった。鬼頭昭雄は続けた。

「渡した資料にあるように資金繰りは厳しい。なにわ信金さん、よろしく頼みます」

なにわ信金の前田常務理事がうなずいた。

「次に乃間と鮒端の取締役選任の件です」

多々良社長が、

「断るに決まっとるやろ。当たり前や。あいつら二人の給料だけで、利益が吹っ飛ぶ。ボーナスもなしや。うちはXのくずかごでも、老人ホームでもない」

鬼頭昭雄は、

「乃間はともかく、鮒端は許せん。だからこそ、一度取締役に選任して退路を断っておいてから、これまでやったことを洗いざらいぶちまけて解任する」

専務は嬉しそうな顔をしたが、他は皆、考え込んだ。しばらくして前田常務理事が口を開いた。

「まあ、そこまでは、やめといた方がええ。わしも、いろいろ話は聞いとるが、決定的やない気がする。グレーや。まあ、そういう悪知恵だけはあるんやろな。解任して、訴訟で

も起こされたら、面倒や。ここは抑えとけ。増資も二人の取締役就任もなし。こうゆうことでXと調整するんや。多々良ハンの強みは、議決権の過半があることと、多々良ハンとこのノウハウをXが吸収できてないことや。ま、腹立つことは多いやろうけど、ここは抑えて。波風をできるだけ立てンように、事前に知らせて納得させておくことや。な、多々良ハン、鬼頭ハン」

鬼頭昭雄は、

「鮒端なんて大会社の底辺にいる、虎の威を借るクズだ。せめて、株主総会でぶちまけて、議事録に残してやりたい。けど、前田ハンがそう言うのなら」

すると、それまで全く口をきかなかった専務が、

「なに。虎やない。巨人や。巨人の威を借るクズと言わんかあ。つまらん。わしは、反対や。株主総会で一発逆転。Xや鮒端の鼻の穴をあかしたれ。事前通告なんてせんでもええ。株の数はこっちの方が多い。九回裏のサヨナラ大逆転や。Xなんて巨人みたいなもんや」

と、大声を上げたが、鬼頭昭雄以外は下を向いた。

高卒の初任給にも満たない給与だったが、私に与えられた仕事は内外の顧客の開拓だ。退職前の会社で役員となり、それまでの開発製造部門から営業を統括する立場させられたが、自身が顧客開拓の第一線に立つのは、六十を超えてからの初体験だった。ノルマがあったわけではなかった。いや、ノルマがないからこそ、少しは成果が上がったのかもしれない。

以前の会社では、アメリカ出張の機会はあったが、ヨーロッパは皆無だった。陽光社の給与は、雀の涙だったが、旅費は支給してくれた。おかげでパリやシュトゥットガルトの風物を楽しめたが、楽しみながらも、汗水垂らして暗い工場で働いている陽光社の工員達を思うと、居心地が悪かった。還暦を超した私ではなく、若い人にその経験を、と思ったが、陽光社にはその若者がいなかった。

大阪の下町のトタン葺きで油まみれの暗い工場を出発し、ヨーロッパの展示会での製品紹介と客先訪問。ぶっきらぼうで汚れた作業着を気にしないどころか、それに誇りを持っている日本の職工と背広姿のコーカソイドとの対比は、人生の最後を彩る経験だった。

コロナ騒ぎが始まる直前、陽光社を辞め、また房総での農作業を再開した。顧客の開拓の成果も上がり、会社の陣容も整ったからだ。陽光社の新たな理念の一つとして、年齢不

問、学歴不問があった。結果、新たな採用者の半分は定年退職者だった。

陽光社での最後の頃、私は焦っていた。年齢を考えると、絵を描く時間も、柿を育て、収穫する年月も、残り少なく思えたからだ。自分の時間が欲しかった。自己中心の私からすると、古希となっても仕事に没頭する鬼頭昭雄のような人物は、尊敬はするものの、望む生き様ではなかった。

陽光社退職後は、房総の山中で、果樹に野菜、稲の世話をしてコロナ禍を過ごした。騒ぎが一段落した年の暮れ、東横線沿線の街に住む娘を、房総からの帰りに便乗させ、横浜市西北部の自宅に向かった。

娘は、資格試験受験のため、コロナ禍が始まる直前にアシスタントとして勤めていた監査法人を辞め、受験勉強に集中した。合格したのは、ワクチンが普及した頃だった。合格後に、元の勤め先に有資格者として復職し、同時に一人暮らしを始めた。

車を運転しながら、コロナによる業務の影響についてあれこれ質問した。リモート・ワークの具体的なやり方や出社頻度などについてだ。そんな中、娘はうれしそうに言った。

「復職して、変な人達いなくなっていた。すっきりしている。コロナの前もパワハラだと

かセクハラだとかの社内教育や研修があったけど、建前だけ。それが、復職して変わってた」

娘の言った「変な人達」が、具体的にどんな人達のことを意味するのか、あえて尋ねなかったが、私なりに想像した。

娘の勤め先が、多少は名の通った組織だから「変な人達がいなくなった」だけで、世の大勢は昔のままなのかどうか、無職となった私にはわからない。

次に娘の方から問いかけてきた。

「コロナの前に働いていた大阪の会社、どう」

「頑張ってるよ。堅実に」

「でも、あそこに出資した会社も、その前にお父さんが勤めてた会社の親会社も、検査不正や会計不祥事で結構話題だよね。おじさん達が、並んではげ頭を下げてるのは、笑っちゃう。そんな会社でも、『社会とともに発展』とか、『環境に考慮します』とか掲げている。不祥事を起こしているのに」

私は、「立派な理念を掲げているのは昔から。会社は慈善団体ではない。利益を上げるところだ。立派な理念も、会社が生き残るためにある。本体が理念通りであっても、下請

けや販売委託先に、理念実現のしわ寄せをしてる」と言いかけたがやめた。娘がどこまで日本の会社の実態について知っているかはわからないし、私が勤めていた頃と、今の会社の実態とが、どこまで変わったのかわからないからだ。

（了）

〈著者紹介〉

**水生武史**（みずお たけし）

1955年生まれ。
高校卒業まで静岡県で過ごし、その後、大学時代を含め８年を関西で過ごす。一時期３年ほどを東海地方で過ごすが、30歳以降、首都圏在住。2018年に会社勤めをやめてからは、フリー。

# 回遊魚《かいゆうぎょ》


2024年２月16日　第１刷発行

著　者　　水生武史
発行人　　久保田貴幸

発行元　　株式会社 幻冬舎メディアコンサルティング
〒151-0051　東京都渋谷区千駄ヶ谷4-9-7
電話　03-5411-6440（編集）

発売元　　株式会社 幻冬舎
〒151-0051　東京都渋谷区千駄ヶ谷4-9-7
電話　03-5411-6222（営業）

印刷・製本　中央精版印刷株式会社

検印廃止



ISBN 978-4-344-94955-3 C0093
幻冬舎メディアコンサルティングＨＰ
https://www.gentosha-mc.com/